川端康成 掌中小說集 ②

川端康成 著

林水福 譯

【譯者序】

魔術師之花——川端康成掌中小說的分類與意義

林水福

一、掌中小說的由來與命名

「掌中小說」的日文唸法有：「てのひらの小說」與「たなごころの小說」兩種。究竟川端康成的掌中小說，哪一種唸法較為妥當呢？依長谷川泉之說，以後者為妥。他說川端獲諾貝爾文學獎之後，第一次舉辦川端康成展時，長谷川泉為籌備委員之一，就這個問題，直接請教川端本人，得到的答案是後者，即「たなごころの小說」。為尊重本人所以採後者唸法。

起初這類極短篇小說的名稱，有岡田三郎的「二十行小說」、中河與一、今東光的「十行小說」、武野藤介的「一枚小說」；一般通稱「コント」（konnto）來自法文的「conte」，含短篇小說之意。

川端康成在《文藝春秋》發表的〈掌篇小說的流行〉（大正十五年一月，即一九二六年）中說：

所謂掌篇小說是《文藝時代》集結各位新人的極短的小說，中河與一冠上的名稱。中河大概是從某氏發表在文藝春秋的〈寫在手掌的小說〉（掌に書いた小說）那裡得到靈感的。

川端文中說的某氏，應是億良伸。那段時期發表這類極短篇小說的還包括中河與一、武野藤介、億良伸、岡田三郎、金東光等。其中以川端發表的作品最多。

二、掌中小說的分類

川端本身曾隨意加以分類，涉川驍、松坂俊夫也作過分類。這裡主要參考長谷川泉的分類。有同一作品跨二類的。（長谷川泉分二十二類，這裡僅引用十三類）

1超現實的、神祕的作品：〈死相發生的事〉、〈處女的祈禱〉、〈靈柩車〉、〈屋頂上的金魚〉、〈盲目與少女〉、〈女人〉。

2怪奇、靈感、輪迴思想的作品：〈金絲雀〉、〈滑岩〉、〈麻雀的媒人〉、〈合掌〉、〈焚燒門松〉、〈顯微鏡怪談〉、〈足袋〉。

3空想、夢、幻想的作品：〈帽子事件〉、〈母國語的祈禱〉、〈秋雷〉、〈睡覺的習慣〉、〈臉〉、〈秋雨〉、〈白馬〉、〈雪〉。

4夫婦間的情愛、男女心理微妙的作品：〈敵人〉、〈月亮〉、〈玻璃〉、〈一個人的幸福〉、〈化妝的天使們〉、〈舞蹈鞋〉、〈紅梅〉、〈夏與冬〉、〈瀑布〉、〈月下美人〉。

5與人心細微對決的作品：〈歷史〉、〈後台的乳房〉、〈舞蹈會之夜〉、〈十七歲〉。

6少年少女的愛或官能與感傷的作品：〈男與女與板車〉、〈蚱蜢與鈴蟲〉、〈指環〉、〈日本人安娜〉、〈雨傘〉。

7女性無貞操的作品：〈海港〉、〈白花〉、〈屋頂下的貞操〉、〈神的骨〉、〈貧者的戀人〉。

8伊藤初代[1]相關的作品：〈向陽〉、〈向火裡去的她〉、〈鋸子與生產〉、〈相片〉、〈雨傘〉、〈處女的作祟〉。

9淺草相關作品：〈雞與舞者〉、〈白粉與淺草〉、〈被綁的丈夫〉。

---

1 譯註：伊藤初代（一九〇六至一九五一年），川端康成的前未婚妻。十五歲時與二十二歲的川端訂下婚約，一個月後突然毀約。因這事件的失意成為川端生涯的轉機，在許多作品中可見深深的影響。這份川端永遠無法滿足的青春少年的愛，留下對純潔少女的夢與對處女的憧憬。與川端克服孤兒意識的命題融合，形成獨特的川端文學。

10伊豆相關作品：〈頭髮〉、〈阿信土地公〉、〈滑岩〉、〈謝謝〉、〈夏天的鞋子〉、〈冬天近了〉、〈有神〉。

11抽象性、思想性作品：〈落日〉、〈不笑的男子〉、〈士族〉、〈土地〉。

12風俗性作品：〈夜店的微笑〉、〈驟雨的車站〉、〈被綁的丈夫〉、〈秋風的太太〉。

13病態感覺的作品：〈人的腳步聲〉、〈恐怖的愛〉、〈屋頂上的金魚〉。

三、掌中小說的重要性與特色

關於掌中小說，川端於《川端康成選集第1卷——掌中小說》的「後記」寫到：「我的著作中，最懷念、最喜歡，現在還想送許多人的，其實是這些掌中小說。這些作品大半是二十幾歲寫的。許多文學家年輕時寫詩，我則是寫掌中小說代替寫詩。雖然也有勉強寫的，不過，自然寫出來的好作品不少。今日看來將這一卷當作『我的標本室』，即使不全然滿意，但充分表現我年輕時的詩精神。」

大正末期掌編小說流行，岡田三郎、武野藤介等人也寫，但是不長久。只有川端「藉著需要洗鍊技法的這種形式，綻放了可稱為魔術師的才能之花」（吉村貞司語），島木健說：「在心靈受到洗滌的清冽之中，眼前感受到美麗、懷念的悲喜人生。」給予高度肯定。

〈謝謝〉則是川端掌中小說的代表性作品，清水宏在一九三六年改拍成電影。二〇一〇年，〈早上的趾甲〉與〈謝謝〉的第二小節，被混合拍成電影。

故事大略是母親帶著女兒搭巴士，準備將女兒賣到鎮上，途中女孩喜歡上彬彬有禮的司機，母親讓女兒和司機過上一夜；因此，母親不賣女兒了。一般認為這篇作品極為簡潔地描繪了司機的爽朗，與底層女孩的悲歡。

三島由紀夫認為這是掌中小說裡傑出的一篇，「要被母親賣掉的少女，在搭乘巴士的途中，跟巴士司機結合」的意外結果。三島指出「作品中的人物，作者皆以溫柔的眼光寬容」，要賣掉女兒的母親、被賣的女兒、最後成了丈夫的司機，「是對命運極端純潔的人們」，他們有著「不會對抗命運的個性，但也不能斷言他們對命運盲從、怠惰、無智或無力。應該說他們是對命運的美麗禮節有所體悟的人。」

三島推薦將〈謝謝〉與《伊豆的舞孃》一併閱讀，還舉出〈雨傘〉、〈夏天的鞋子〉都是絢麗如寶石的作品。

其次，〈殉情〉中逃走的丈夫，接連寄信給九歲的女兒，要她不要發出聲音，所以不能使用橡皮球、碗、鞋子，妻子也遵從他的要求。

女兒拿出吃飯的飯碗發出聲音，妻子反抗性製造了巨大聲響，確認聲音是否確實傳到丈夫那邊。丈夫的信又來了，命令：「你們不要發出任何聲音！」，最後妻子和女兒死了，丈夫也並枕而死。

川端解釋這篇作品是「刺到愛的悲哀」，同時代的梶井基次郎也注意到這篇小說，伊藤整的評價是「一串掌中小說的頂點」。之後有表現「愛情的束縛與掠奪」、「愛的脆弱、虛幻」，使用遠距離透視等的心靈現象，呈現「嘲諷的愛情形式與挖掘其悲痛的佳作」種種高度評價。星新一深愛這篇，說自己即使轉生多次也寫不出這樣的作品。

一般常說「從作家的處女作即可窺見作家將來的發展方向、風格等等」，川端的處女作《感情裝飾》裡收錄了三十五篇掌中小說。由此可見川端的文壇初航與掌中小說有著密不可分的關係。

目錄

臉

從六、七歲到十四、五歲，她在舞台上總是扮演哭泣的角色。那時候，觀眾也常哭。她認為自己哭，觀眾也會哭，這是她觀察人生的第一個想法。她認為觀眾只要看了自己的表演就會落淚。她認為世人的臉，沒有她看不懂的臉。她認為世人的臉是容易了解的臉。

她是美麗的童星，劇團裡，沒有其他演員可以像她一樣令那麼多觀眾哭泣。

然而，十六歲時她生了小孩。

「她沒有一個地方像我，這不是我的孩子。我不管！」孩子的爸爸說。

「她跟我也完全不像呀！」她也說。

「可是，她是我的孩子。」

那女孩的臉，是第一張她無法了解的臉。而生下小孩的同時，可以說是她童星壽命的結束。她察覺到自己過去演出能讓觀眾落淚的新派悲劇的舞台，與實際社會存在著巨大鴻溝。窺探那道鴻溝，是一片漆黑。從那黑暗中出現許多像自己小孩一樣陌生的臉。

她和孩子的爸爸在旅途中的某處，分開了。

隨著年齡的增長，她想起那孩子的臉，像分開的男人的臉。

不久，那孩子成為童星，就像她年幼時的演出也讓觀眾落淚。

旅途中的某處，她和孩子也分開了。

她覺得分開的孩子的臉，跟她的臉相似。

睽違十幾年，在鄉下的小劇團裡，她跟同為巡迴演員的父親，相遇了。

她被告知母親的所在處，她去見她母親，第一眼看到時：

「啊！」抱著痛哭。生平第一次見到母親，生平第一次真正哭泣。

為什麼？因為她分開的女兒的臉，跟她母親一個模子。如同她不像她媽媽，她跟她孩子也不像。然而，祖母跟孫女根本是一個樣子。

在母親懷裡，身為童星的她，是真的哭了。

她為了告知樣貌相似一事，現在以朝聖的心，又回到巡迴劇團裡，期待在某處與她的女兒和那孩子的父親相遇。

睡覺的習慣

她三、四次痛得像頭髮被扯掉似地醒過來，然而，知道黑髮還圈著戀人的脖子，想到明天早上會這麼說：

「頭髮都這麼長了，那樣子睡覺，頭髮真的會生長呢。」微笑，閉上眼睛。「真討厭睡著！為什麼連我們都要睡覺？相愛的兩人睡什麼覺？」在她不需要離開他的時候，不可思議地說。

「只能說因為睡覺，人才相戀。絕不睡覺的戀愛，光想就感到恐怖。那是惡魔的伎倆。」

「胡說！我們最初不也是不睡嗎？沒有比睡眠更自我的東西了。」

的確是這樣。他一睡著沒多久，就蹙眉，把墊在她脖子下的手腕抽出來。她即使也抱著他部分身體，但突然醒來一看，手也已經鬆開。

「這樣的話，用頭髮一圈圈纏在你手腕上，緊緊握著。」

接著他把下襬一圈圈纏在她手腕上，抓著；睡眠還是奪走了手指的力量。

「好啊！像從前的人說的，用女人頭髮做成粗繩將你綁起來。」她用黑頭髮作成輪狀，套住他的脖子。

然而，那天早上說的話，他笑了。

「頭髮長了，糾纏在一起連梳子都梳不開。」

有過那樣的情況，讓人忘了時間，她也忘記他的存在，就這麼睡著了。然而，醒來一看，她的手腕一定接觸著他，他的手腕也在她身上。沒想到要這麼做的時候，這麼做卻成了兩人睡覺的習慣。

遺容發生的事

他匆忙被帶到那房間，岳母說：

「請你看看！變成這樣子。她是多麼想看你一眼呀！」

死者枕邊的人們同時看他。

岳母又說：

「你看看吧！」

他想掀開蓋在他妻子遺容上的白布。

這時，他自己也沒想到的話，脫口而出。

「等一下！讓我一個人見她好嗎？讓我一人待在這房間好嗎？」

這句話感動了妻子的母親、兄弟妹妹們。他們靜靜地拉上房間的拉門，走出去。

他掀開白布。

妻的遺容表情痛苦、僵硬。瘦削的兩頰之間，變了色的牙齒凸出。眼瞼的肉乾癟貼在眼球上。額頭有明顯的神經凍結著痛苦。

他俯視這醜陋的遺容，靜靜地坐了一會。

然後，他兩手顫抖靠近妻的嘴唇，想讓她嘴巴閉上。勉強閉上的嘴唇，他的手一放開，又張開了。他將它閉上，又張開了。同樣的情形重複好幾次，他察覺到嘴角的僵硬線條逐漸柔和。

這時，他感覺自己的指尖似乎凝聚了熱情，想讓遺容的神經柔和，於是在額頭上來回擦拭。手掌變熱了。

他俯視任由自己擺弄、變新的遺容，又一直坐著。

「坐火車累了吧，吃過午飯後，去休息吧。」

岳母和小姨子，這麼說著進來了。

「啊！」

岳母的眼淚瞬間撲簌簌掉下來。

「人的靈魂好可怕，在你旅行歸來之前，這孩子死不瞑目呀！實在不可思議！你只看她一眼，遺容就變得這麼安詳——這樣子好了，這孩子這樣好了。」

小姨子用這世上最清澄的眼睛回望他帶點狂亂的眼神，然後哭倒了。

歷史

那山的村子有一條過於豪華的道路。這條道路的出現不是為了那個寒村，而是為了越過村南的山，穿過半島。道路開通時，村子裡有如此傳言：最近會有戰爭，這是為了要運送大砲和軍隊往半島南端的道路。

村人們依然得攀岩過吊橋，到沿著溪流的溫泉不可。那溫泉說是沿著溪流，其實也是在溪流裡。鶺鴒的尾巴輕拍著浴池邊緣。

大砲還沒走過，先有汽車行駛，有錢人來了。老富翁說，中意這溪流多岩石的清澈，就蓋了別墅。為了從元湯接溫泉到別墅，引溫泉到村中央的山桃樹下，建造了共同湯，取名「山桃之湯」。夜晚，山桃掉落屋頂的聲音，讓泡湯的女孩嚇一跳。

老人又沿著溪流造小路，擴充元湯建造水泥的浴池。接著，購買溪流邊只長野菊和芒草的土地，村民們更高興。十年經過，老人用炸彈在元湯的三尺旁炸開，這當然是在他的土地上。元湯出水量大減，變成溫水。老人炸開的池子，濃濃霧氣往上直冒像是地獄的鍋子。

村民除了面面相覷還是面面相覷。他們來到接受種種恩惠的老人那裡。老人笑了。

「大家不用擔心！我是在掘溫泉給村子，把元湯弄成千人溫泉那樣的共同浴池。」

如老人所說，新的浴池用貼著水色的瓷器，浴室的天井上邊，是二十間的更衣場所。

老人很喜歡村民們送過來的新鮮蔬菜，在別墅作漢詩和俳句讚美這溪流。舊的元湯被椎樹的落葉掩埋了。

揭幕式時，老人的兒子來了。不到半個月，他開始蓋溫泉飯店。共同浴池被框進石牆裡邊，變成飯店內的浴池。

村民們再度面面相覷又面面相覷。兒子對此冷笑。村民說：

「孩子不像他父親，不懂得大老闆的心……」

「嗯！我是父親的兒子，只是不像父親那麼懦弱。因此我不必像他那樣虛偽欺騙就行了。」

「真可惜！連大老闆造的路都不想走。」

「你們是螻蟻之輩！那只是腳踏車能走的路罷了，如果第一次了解那道路的意思就感到驚訝的話，現在快快睜大眼睛，好好想想汽車能通行的道路的意思吧。」

從眉毛說起

身為女人，說到就業，她並非不想選擇以女人之美為賣點的職業。可是，沒有人說她漂亮。她的職業禁止化妝。

然而，有一天，導演叫她來，問道：

「妳畫了眉毛啊？」

「沒有呀！」她怯怯地用手指沾了口水，塗眉毛給導演看。

「那是剃出來的形狀嗎？」

「不是，這是原來的樣子。」她快哭出來了。

「嗯！反正妳有這麼漂亮的眉毛，即使不在這裡工作也可以活下去吧！」

導演從她的眉毛找到了開除的藉口。她第一次清楚知道自己的眉毛漂亮，那種喜悅足以讓她忘記丟掉工作的悲傷。原來自己也有漂亮的地方，於是她有了結婚的信心。

丈夫沒說她的眉毛漂亮，說她的乳房漂亮。說背部、還有膝蓋漂亮。還有，還有……

她被告知自己的身體有許多漂亮的地方，沉醉在幸福裡。

然而，她想到丈夫找遍她身體之美以後，又會怎麼樣呢？她不禁懷念起當初以為自己沒有一處美麗而認命的那種安詳。

大地

1

有個女人穿著太陽，腳踩月亮，頭戴十二星冠。女人已經懷孕，她因生產的痛苦和煩惱而哭叫。

2

「以前，我喜歡繞著的水車道路，不知何時蓋了一間天主教教堂。而且是美麗的原木教堂，從覆蓋著雪的尖屋頂下，甚至可以看到已經發黑的壁板。」堀辰雄的小說裡也出現聖保羅教堂，屋頂是茅草屋頂，裡頭是合掌構造。聖壇上的尖塔、十字架當然都是木造的。

3

堀辰雄寫的已經是二十五年前的事了，現在年輕人和女孩作夏天裝扮，在輕井澤的白天裡逛著。

「經過這座教堂時，從母親那裡聽到好可怕的話。」年輕人說著，停下腳步，看向教堂。女孩也看一眼教堂後，看著年輕人的臉說：

「可是，你相信母親吧，既然相信母親，那麼就確定有父親。」

「……」

「不管我相不相信母親，我都是沒有父親的孩子。絕對是沒有父親的孩子。」

「即使小孩相信母親，也不能知道確實的父親是誰。但若父親不相信母親，父親對母親也產生懷疑，那麼懷疑就沒完沒了。」

「可是，即使懷疑，你還有能懷疑是自己父親的對象，我連能幻想的父親也沒有，或許監牢就是我的父親。」

「我沒有一處像父親的。」

「是呀，不像，跟媽媽也完全不像。」

4

「這不是我的孩子，我怎麼知道是誰的孩子！」

二十幾年前，年輕人的母親走在教堂前，說出自己懷孕時，年輕人的父親說出這麼恐怖的話。只認識一個男人的年輕女孩，驚訝與害怕之餘，也喪失了證明自己清白的能力。男子拒絕承認，女人也沒辦法。

以生下的男孩當作證據，女人帶孩子到年輕人的家讓他看。

「這不是我的孩子，我怎麼知道是誰的孩子！」年輕人拒絕了，「淫亂之子吧！」

女孩血氣上升，拿起在那裡的登山刀準備刺殺抱著的嬰兒。年輕人想搶嬰兒，腳把女孩絆倒了，女孩失手刺到嬰兒的父親。

那時，有如被雷電光照射出來的一幅畫，閃過貞節的女孩心中。那是老舊地下禮拜堂告誡淫亂的的壁畫。兩條白蛇纏掛在女人的雙乳上，藉著基督的手，矛從女人的左乳房刺穿胸部。基督用矛殺死女人——女孩叫喊。

年輕人傷勢嚴重。年輕人和他的家人，不原諒女孩，更為了保護自己，費盡口舌，因此，女孩被捕。

5

跟其他人一起囚禁在獄中時，天開啟了，看到神的幻影。

6

刺傷年輕人的女孩所在的獄中，也囚禁著一個年輕的女人，她因為妒忌發狂把戀人刺殺了。當她知道女孩有小孩時，很羨慕她。

「我想生他的孩子，但已經沒辦法生了，因為我殺了他。」她抱著女孩哭泣。「我不能生了，一輩子都不能生了！任何人的小孩都生不了。我距離不能生小孩的年紀還很久，卻被關進牢房。一想到被判死刑，啊，不管是誰的孩子，無論怎麼樣我都想生小孩啊！」

「無論怎麼樣都行？」

「無論誰的孩子都可以！」

「真的？既然這樣，我讓你生一個吧？」

「你不是女人嗎？」

「我不久就可以出去了，你等到那時候。我讓你生一個。」

7

出獄的女孩來探望留在獄中的她。

她懷孕了。

監獄喧騰起來。她沒說是誰的孩子。這不可能呀，獄卒還有獄中男性都遭到調查，再說女囚的獄卒是女性，沒有能接近她的男性。也沒有可以通往獄外的道路。

負責教誨的尼僧沒說看到奇蹟，或聖靈使懷孕，或生下神之子之類的話。

她在獄中充滿安詳，給嬰兒餵奶，寫信感謝那個女孩。

女孩再也沒來了。

8

被從獄中帶出來，幸福成長的是走在聖保羅教堂前的女孩。現在，女孩想見出了獄的生母時，見到了，聽說自己是獄中出生的。

跟女孩走在一起的年輕人，是差點被氣憤的母親刺殺的孩子。

父親後悔，原諒母親，成了夫婦，現在也還是。

「父親為了救嬰兒，自己受傷了，是因為他是我的父親嗎？」年輕人說。

「是呀。」女孩點頭。「沒有父親的我，也可以生有父親的孩子。」

年輕人也點頭，走在教堂前的道路。

9

蛇在女人後面，從口中吐出像河川的水流，想把女人沖走。然而，大地救了女人。

大地張開嘴，吞下所有龍從口中吐出的河流。

弟妹——或許這是多餘的稱呼，但我終於還是告訴你這件事，我不能稱呼芳子為妻。從弟妹這稱呼，希望你充分感受到你對我的諷刺——弟妹死了這件事，你是知道的！愛人死了即使沒有人告訴你，應該也感覺得到吧！再者，弟妹臨死前去見你一面了。一般來說應該是你來見她。在病床上瀕死卻仍想見你的心，有傳達給遠處的你吧！即使如此，你還是沒來，也許你認為反正弟妹動不了，不久就會死去，不理它一切就會消失，如果你是這麼想而不來，那是大錯特錯。證據在於，因為你不來，弟妹就去找你了不是嗎？讓瀕死的生命，付出那樣的精神勞力去做不必要的生命意志分裂，那是良心應該感到可恥的卑劣行為。這件事你一定要好好記住！今後死去的弟妹若想見你，都會去看你的哪。如果她希望你愛她，不管你的意志如何，你也要愛她；或者她想憎恨你，你也要讓她隨意地憎恨。

以前你對於偶然從不關心。像是忘記自己是個終究會死的人。因此，我想向你報告弟妹葬禮時發生的一件事。在這之前，先說一件有趣的事。弟妹一死便馬上找尋適合放置佛壇的照片；近年的照片只找到你們兩人的合照。從中間將它切一半就行。不過，我主張將兩人的合照放在牌位前。第一，切一半裝入相框不適合，因此，把你用黑紗遮起來。當然，黑紗巧妙裝飾，看不出照片是兩人的合照。善意的解釋是，這幾年她和你的合照只有一張，近年來弟妹就像照片上那樣的存在，因此，跟她緣分這麼深的你，穿著喪服陪伴弟妹的亡靈，是有意義的。事實上，她的雙親對你的惡意，隨著女兒的死消失了。還說什麼如果那時候讓她和你一起就好了。不過，我不這麼想，我認為沒有在一起也好。為什麼？因為，弟妹沒有和你在一起是事實。這個理由非常簡單，卻是最正確的。基於相同理由，我覺得弟妹死了也是好的。

還有葬禮那天發生的事，從弟妹家到火葬場必須從附近的鐵橋下通過，這你是知道的。然而，靈柩車準備通過那裡時，前後車子的助手紛紛跑出來，把靈柩車屋頂的四個角壓低。屋頂的裝飾太高了，碰到鐵橋的頂。鐵橋上邊，火車發出劇烈的響聲經過。我從汽車裡抬頭看向火車，看到白皙的臉孔從窗戶往這邊看。那是你！我想即使你不知道弟妹的葬禮，無疑地也接到某種暗示。這列車是三月十四日W車站四點十三分出發的。

我跟你說這樣的事，並非只是要讓你感到厭煩。把你的照片一起安置在佛壇，並不是將你和弟妹的戀情埋葬，或者讓你跟著弟妹下葬，我沒想過這些。而是，看到人們在那張照片前面流淚、合掌、燒香、唸佛，連我都感到滑稽。因為，他們不知道黑色紗布底下是還活著的你。這樣子，人們祭拜死者，卻也祭拜了生者，再者，注視生者，他的背後卻有死者存在。就像你從火車的窗戶若無其事看到的車隊，是你愛人的送葬行列！

神之骨

某郊外電車公司的專務董事[2]笠原精一、時代物電影演員高村時十郎、P私立大學醫學生辻井守雄、廣東料理店主人佐久間辨治，外加一人，收到青鷺咖啡廳女服務生弓子寄來的同樣內容的信。

我送骨給你，這是神的骨頭呀！嬰兒只活了一天半。出生時就沒精神，我茫然看著護士抓住他的腳、頭下腳上揮動。因此，嬰兒終於哭出來。昨天白天他打了兩個哈欠就死了。然而，隔壁床鋪的嬰兒呀，七個月大，從肚子出來，拉一坨大便，生命就結束了！嬰兒，跟誰都不像，跟我也完全不像！像極了漂亮的人偶，請你想像世界最可愛的嬰兒的臉就行了。因為這樣完全沒有特徵也沒有缺點，下臉頰鼓起與死後淡淡的血滲入

2 譯註：高於常務董事，於公司內有負責之部門。

凝結在一起的嘴唇，此外，我什麼都想不起來。護士們都誇獎他好可愛，皮膚白白的嬰兒呀。

我想他即使活下來，身體衰弱，也是不幸的孩子，不如還沒喝奶、也沒歡笑過就死了反倒好；生下來的孩子不像任何人，我憐憫而哭泣啊！小孩的內心，不，胎兒的內心，抱著「不能像任何人」的悲慘的體貼，來到這世上不是嗎？又，胎兒的內心，抱著「長得像任何人」之前，就要先死去的想法，離開這世界不是嗎？

你，不！明確地稱呼你們應該也可以吧？到目前為止，縱使我有千百個男人，你們就像對待街道的木磚數目一樣裝作不知道，可是等到有了小孩就吵得不成樣子。大家都帶著男性持有的大顯微鏡來窺視女人的祕密。

雖然那是從前的故事，白隱和尚抱著女孩荒唐生下的嬰兒，說這是我的孩子。我的嬰兒也是靠著神幫助的！腹中的胎兒，哀傷地思索像誰才好呢？神對胎兒說：「可憐之子呀，你要像我以神的姿態出生，你要成為人子！」

因此，我希望嬰兒像誰才好的這件事，面對可憐的嬰兒，再怎麼真誠我也說不出來！所以我將嬰兒的骨頭分給各位。

專務理事迅速將小白紙包藏入口袋，在車裡悄悄打開看。在公司傳喚美麗的打字員，想抽根菸時，從口袋裡把骨頭和新菸的紙盒子一起掏了出來；料理店的主人邊嗅著骨頭的味道，打開金庫，將要存入銀行的昨天銷售金跟白紙包調換；醫科大學生在省線電車的搖晃下，被白紫丁香花般的女學生結實的腰部碰到，把口袋裡的嬰兒骨頭弄碎了，他陷入遐想，想娶這個女學生為妻。電影演員把骨頭藏到裝魚皮和多黏菌素的祕密袋子，衝出去拍攝了。

一個月後，笠原精一到青鷺咖啡廳來，對弓子說：

「那骨頭不放到寺裡不行吧，你怎麼還保留著呢？」

「哎呀，我？我已經全部分給大家了，不可能還有不是嗎？」

母親

一、丈夫的日記

今宵我娶妻
擁抱有著女人柔軟的她
我流淚對新娘說
我母親也是女人
妳要當良母
妳要當良母
我沒見過我母親

二、丈夫的疾病

燕子已經到來的溫暖天氣。木蓮的花瓣像白色的船從鄰家庭院掉進來。玻璃門中，妻用酒精擦拭丈夫的身體。丈夫瘦到肋骨與肋骨之間都藏汙垢了。

「你呀——看來一副想跟疾病殉情的樣子！」

「或許吧，由於這是胸部的病，蟲已經吃到心臟周圍來了。」

「是呀，病菌都比我靠近心臟。你生病之後，首先你變得非常自我。我故意把你出入的家門關閉。如果你還能走路，一定拋棄我離家出走哪！」

「我會這樣也是因為不想三人自殺，我和妳跟病菌三人自殺。」

「你說三人自殺，好呀，我不想茫然看你跟疾病自殺。即使你父親的疾病傳染給母親，但你的疾病未必會傳染給我，父母的情況不一定發生在小孩身上。」

「那也是。過去我都不知道會染上跟父母一樣的病，然而，我卻生了同樣的病。」

「沒關係，再傳染給我就好，這樣一來，就不必避諱我靠近你身旁了！」

「妳要考慮到小孩！」

「你說小孩、小孩？」

「妳不了解我的心情！妳還有健在的母親，妳不會了解的。」

「這是忌妒，是忌妒呀！你這麼說，我懊悔到想殺死母親——我，想吞黴菌，我要吞，我要吞了哪！」

妻叫喊著，朝丈夫的嘴唇撲過去，丈夫抓住妻的衣襟。

「讓妳吃，讓妳吃！」用只剩下骨頭的力量制服掙扎的妻。妻露出潔白而豐滿的胸部，丈夫喀地往那圓圓的乳房上吐血，倒下了。

「那……那……那奶不要餵小孩！」

三、妻子的病

「媽媽！媽媽！媽媽！」

「媽媽在這裡呀！還活著呢。」

「媽媽！」

小孩又把身體撞向病房的紙拉門，接著哇哇地哭了。

「不可以讓他進來，不可以讓他進來！」

「你真的很冷淡無情。」

妻死了心似地閉上眼睛，頭往枕頭上靠過去。

「我跟那孩子一樣也進不了母親的病房，只能在紙拉門外哭泣。」

「相同命運哪！」

「命運？即使死也不要說命運這兩個字！我最討厭了。」

小孩在家的一個角落哭泣。巡更[3]敲著梆子走過。聽到巡更用鐵杖敲後邊流水管冰柱的聲音。

「你不記得母親吧。」

「是的。」

「母親死的時候，你大概是三歲吧？」

「是三歲，沒錯！」

「那孩子也是三歲哪！」

「不過，我想我要是年紀大了說不定會想起母親的臉。」

3 譯註：當時的職業，負責在夜晚巡邏和報時。

「要是看過母親的遺容一定會記得的。」

「不！我只記得用身體去撞紙拉門。要是能自由見到生病的母親，反而什麼都不記得。」

妻閉上眼睛一會兒，然後說：

「我們的不幸是，出生在無信仰的時代，出生在無法思考死後的時代！」

「什麼？現在啊，是死者最不幸的時代，但是不久後，幸福的時代、智慧的時代一定會到來。」

「是吧！」

妻想起許多和丈夫到遠方旅行的往事，接著連續出現各種美好的錯覺。似乎醒過來，抓著丈夫的手。

「我啊……」徐緩地說。

「覺得跟你結婚是幸福的，並沒有怨恨你把病傳染給我，你相信我吧。」

「相信！」

「所以，那孩子長大了也讓他結婚吧。」

「明白了。」

「你跟我結婚之前相當難過吧，自己患了跟雙親一樣的病，把那病傳給妻子，又生了個生病的孩子，你是這麼想的吧？不過，我因為結婚而幸福喔，那樣就夠了，所以請不要讓那孩子感覺自己結婚是不好的、是痛苦的，不要讓她嘗受無益的悲傷，讓她高高興興結婚吧，這是我的遺言。」

四、丈夫的日記

今宵我女兒不睡覺
擁抱有著女人柔軟的她
我母親也是女人
淚流滿面對幼兒說
妳要當良母
妳要當良母
我也沒見過我母親

白色的花

近親結婚代代重複。她的一族因肺病逐漸死絕。

她的肩過於細小，男人要是抱了，恐怕會吃驚吧。

某個親切的女子說：

「結婚要謹慎，強壯的不行，看來柔弱無什麼病、皮膚白的人，卻胸部有疾，光是這點就無緣。經常坐得端正，酒也不喝，而且笑嘻嘻的人啊……」

然而，她喜歡幻想強而有力的男士手腕，要是被他摟過來，自己的肋骨會發出崩的聲音。

她的臉雖然清澈，卻有自暴自棄的舉止。有如閉上眼睛，身子獨自漂浮在人生的大海；或身子任由水流那樣。這舉止讓她呈現妖豔情狀。

表哥的信來了——終於，不過是從小就已覺悟的命運時刻到來。心情平靜。不過，只有一件事感到惋惜。為什麼不曾在妳健康時，哪怕只有一次，對妳說：讓我吻妳呢？

希望妳的嘴唇不要被肺病菌感染。

她跑到表哥那裡。不久就被送到海岸的療養院。

年輕醫師像是病人只有一個似的照顧她，用像搖籃的躺椅，每天送她到岬灣。

遠處的竹林，經常陽光遍灑。

日出。

「啊，妳已經完全痊癒了，真的痊癒了。我多麼期待這一天呀。」

醫師說著，將她從岩上的躺椅抱起來。

「妳的生命就像那太陽重新升起。為什麼海上的船不豎起桃色的帆呢？可以原諒我嗎？我用二顆心等待今天。醫治你的醫師，和一個我。我期待今天已經多麼久呀？無法拋棄身為醫師的良心是多麼痛苦呀。妳已經痊癒了。痊癒到妳可以把自己當成感情道具的程度。為什麼？海不為我染成桃色呢？」

她懷著感激抬頭看醫師，接著眼睛轉向海上，等待著。

然而，這時她忽然為自己毫無貞操的觀念感到驚訝。她從幼時看著自己的死。因此，不相信時間，不相信時間的連續。這麼看來不可能有貞操。

「我將妳的身體以感情看待。可是，我又以理性看待妳身體的每個部位。以一個醫師，把妳的身體當實驗室。」

「哦？」

「這麼美麗的實驗室！如果我的天職不是醫師的話，我的熱情已經把妳殺了吧。」

她因此討厭這醫師。她做出拒絕他眼神的舉止。

同一療養院的小說家對她說：

「彼此慶祝，同一天出院！」

二人在門口搭一輛車子往松林駛去。

小說家把手輕輕放在她的細肩。她像毫無重量的東西倒向男人。

二人出遊。

「人生是桃色的黎明。我的早晨，妳的早晨，這世界同時有兩個早晨，多麼不可思議呀！兩個早晨變成一個。這樣很好，我要寫兩個早晨的小說。」

她滿懷喜悅抬頭看小說家。

「妳看這個！在醫院時妳的寫生。即使妳死了，我也死了，二人或許還能活在這小說裡。可是，現在成了兩個早晨——沒有個性的性格有透明之美。像春天野外散發香味的花粉，像妳肉眼看不見的香味那樣美，漂蕩在人生。我的小說發現了美麗的靈魂，這怎麼寫才好呢？將你的靈魂放在我的掌心讓我看吧，像水晶那樣，我用語言將它寫生……」

「這個嘛？」

「這麼美麗的材料——如果我不是小說家，我的熱情也無法讓妳活到遙遠的未來吧。」

因此，她討厭這個小說家。她拒絕他眼神似地端正坐姿。

她獨自一人坐在房間。表兄之前逝世了。

「桃色，桃色。」

她看著漸漸通透的白色肌膚，想起「桃色」這個詞，笑了。

她想哪個男人只要一句話要自己——會馬上點頭答應吧，她笑了。

打老爸的兒子

土木工的五郎看著東京市電汽車乘車回數票背面的行車系統圖：

「好了嗎？千住新橋！」

老婆阿淺坐在有點高的窗台上：

「可怕呀！」但還是用向前伸出的雙腳和兩手腕支撐，使腰部上浮。

「北千住。」

阿淺突然放開窗台上的手，碰地一聲屁股著地。

臉頰稍抽動，像是在笑著，很快又坐到窗台上。

「不要背部著地！這次是三之輪。」

阿淺又從窗台上跌下，屁股著地。散發出腐舊的榻榻米味道。五郎星期六、日休息，

現在是梅雨的正午時分。

「車坂。」

咚地，阿淺的屁股著地摔下。

「和泉橋。」

咚地！

「水天宮。」

「司機先生，開慢一點呀！」

「不哐噹哐噹地搖晃就沒意思呀，這樣肚子不舒服嗎？」

「何止不舒服，就像鐵棍從下往腹部撞擊。」

「水天宮。」

咚地！阿淺撿起掉落的頭髮別針，同時用襯衫的短袖擦拭額頭，微紅——油汙去掉的肌膚，出現少見的些微血色。五郎膝行靠近。

「怎麼了？」

「臉頰也擦擦。」

阿淺像貓化妝用雙手擦拭臉。接著一把抓住散亂的頭髮，像男童節的鯉魚旗隨風飄動般扭動身體，又爬上窗台了。她的動作雖然看得出疲累，但也出現了許久未見像姑娘的樣子。

「東京車站！」

咚地！

小傳馬町——龜澤町——錦絲堀。反覆的屁股著地摔倒，阿淺的眼睛含淚笑出來了。

「我想起來了！」

「是去年的事嗎？」

「唔。」阿淺像小孩子似地搖頭。

「是小學時候的事！跟朋友跳圈子。」

「玩遊戲？不要開玩笑。鬧著玩的跳也不行！」

「幾歲都能跳呀，反正孩子也能生下來。只是不能像去年那樣跳了。」

——去年，阿淺是山裡溫泉旅館的女侍者。五郎是那村子百姓的兒子。從村子越過山，往半島南邊的「三間道路」[4]做好了，聽說是為了運大砲。湧進大量的土木工人，五郎也跟著去作工。土木工人們對五郎說：

「啐，你這個土老百姓也太忠厚老實！你呀，自滿地以為那是你的孩子，被賣淫的

4 譯註：兩根柱子之間的距離，或者稱小房間。三間道路指，寬約五點四公尺的道路。

小女生騙了！貧窮人家的女兒，即使一晚也好，都想當有錢人家的太太。可是，之後的處理就需要像你這樣親切的窮人囉。阿淺這傢伙也知道，自己沒有那種成為有錢人家小妾的姿色。」

旅館的客人睡後，阿淺就到後面的溫泉中等待著。臉伸到浴池邊沿睡去。五郎涉溪流而來，畫圓圈似地用腳踢被溫泉泡出顏色的阿淺的肩部。阿淺醒過來，抓住他的腳。

「故鄉的媽媽寫信來了——說要從高的地方跳下來！」

「有說到我嗎？」

「什麼也沒寫。」

「老媽真的勸妳跳？」

「說跳就對了！」

「哼，妳，不覺得老媽可憐嗎？」

「怎麼說？」

「斥責妳來了呀。」

「哪裡？」

「我覺得妳老媽很可憐。」

「我要跳，一起來吧。」

阿淺赤裸著身子爬上放著脫下的衣物的高架子，以下方站著的五郎胸部為目標，重複跳了六、七次，也有從湯池的窗戶往河川裡跳。冬月把夜氣凍結像白刃。兩人沿著溪流往新的道路出去。阿淺好幾次像縮著腳的青蛙，從剛開闢的新崖跳下來。

「可怕的月亮啊！」

這樣連續四個晚上；然而，兩、三個月之後，阿淺的肚子明顯大了的時候，兩人逃到東京，生下男孩。五郎成了沒有工作的土木工人。到溫泉旅館來的東京年輕男人們，對阿淺來說像是做夢的東京，她的臉頰只會微動，臉色蒼白，笑不出來。東京沒有可以跳水的地方，但是搭上圓太郎汽車[5]就行了，可是阿淺沒錢。因此，五郎靠著撿來的回數票背面的行車路線圖，想到跟實際搭車有一樣的功能，阿淺從窗台屁股著地摔下。

然而，阿淺真的笑不出來。出汗的皮膚有了血色，淚濕的眼睛發光活過來了。

「從洲崎到永代橋。」

「我想起遊戲了，小學畢業後，沒玩過這樣的遊戲啊！」

5 譯註：一九二三年關東大地震，東京市路面遭到嚴重破壞，應急導入的汽車之通稱。

「永代橋。」

咚地！——日本橋——芝口——芝園橋，阿淺的動作越來越像嬌豔的小姑娘。襯衫下的胸部敞開，桑葚顏色的乳頭蹦出來。五郎的吆喝聲也越來越起勁。

「接下來是從新宿到大木戶。」

塴！阿淺終於躺下手腳伸直，科科笑著翻滾。

嬰兒被聲音吵醒，哭了。阿淺笑過頭，站不起來。五郎把嬰兒抱著到窗邊。

「噓，噓，噓……」

「哇，哇，哇……」嬰兒盡情打五郎的臉頰。

「想打就打吧，打老爹啊！」五郎少見的開懷大笑，可是，突然想到老爹是誰？是讓阿淺懷孕逃走的有錢人？還是自己？不過，今天搶了有錢人的兒子，由貧窮人養育，爽快呀。小孩生越多越好，像軍隊那樣。五郎想起小時候的遊戲——英勇並排著，大家都自己吃飯。

「哪個老爹都行，打那老爹！揍那老爹！」五郎握著嬰兒的手腕，砰砰地打自己的臉頰。

用檸檬化妝是她唯一的奢侈。因此，她的肌膚像新鮮的味道，白而光滑。她將檸檬切成四分，一天用一塊擠出來當化妝水。剩下的三塊用薄紙蓋著好好保存。不用檸檬汁舒爽的刺激冷卻皮膚，她就感受不到早晨。避開男人的眼光，在乳房和大腿擠擦果汁。接吻時男人說：

「檸檬！妳是從檸檬河游泳過來的女孩！喂！舔著檸檬，就想吃柳橙。」

「好！」她拿一枚五錢白銅去買柳橙。因此，她不得不捨棄洗好澡後肌膚感受檸檬的喜悅。男人拿舊雜誌堆起來代替桌子使用，寫著賣不了卻又長的戲曲。

「這部戲啊，第一幕為妳寫檸檬樹。我沒見過檸檬樹林，在紀伊看過整座山染了橘子色。月光下橘子像狐火稀疏浮現，宛如夢中燈的火海。檸檬比橘子黃而明亮。一直是溫暖的燈火，我站在舞台上產生了這種感覺……」

「是呀！」

「這戲沒意思嗎？——我原本寫不出那種南國味道的明亮戲，如果不是更有名、飛黃騰達之後是不行的。」男人說。

「為什麼大家都非飛黃騰達不可呢？」女人問。

「因為活不下去啊。然而，現在看來我是沒希望飛黃騰達的。」

「不需要飛黃騰達什麼的，飛黃騰達之後又怎樣呢？」

「嗯！這一點妳的看法是新的。例如：現在的學生憎恨自己站立的基礎，即使不憎恨也懷疑。非破壞那基礎不可，而且也知道怎麼破壞。出人頭地的傢伙，知道在破壞的基礎上，登上梯子。爬得越高越危險。周圍的人不用說，他自己也強行登上梯子。再者，當今所謂出人頭地是變得沒良心，這是時代的潮流。身處貧窮而憂鬱的我，是個老舊觀念的傢伙。像檸檬那樣貧窮而明亮是新的嗎？」

「可是，我只是貧者的戀人而已。男人都是只要出人頭地就行了，只想著出人頭地。但是，女人——女人只有兩種。只有貧者的戀人與富者的戀人。」

「不要太誇張！」

「你一定能出人頭地的，真的！我看男人的眼睛就像命運之神，不會錯的。當然會出人頭地的！」

「然後拋棄妳？」

「一定這樣的呀。」

「所以妳想阻止我出人頭地！」

「不是的！任何人出人頭地我都高興！感覺自己像是孵叫出人頭地的蛋的卵巢。」

「不要抱怨！想起之前的男人，心情會好不是嗎？妳也只有用檸檬化妝時才是貴族呀。」

「哎呀！怎麼這麼說！檸檬一個十錢，切成四分，一份是二錢五厘呀。我一天花二錢五厘。」

「如果妳死了，想在墓地種檸檬樹嗎？」

「這個，我常幻想啊。要是死了，不立石碑，只要簡單的石塔。我的墓地會有穿著禮服或開著車子的紳士來吧。」

「停止紳士的話題吧！把出人頭地的幽靈趕出去！」

「可是，你不是很快就會出人頭地了嗎？」

如她所說，她對於命運的信念不會動搖，她看男人的眼光像命運之神不會錯誤。因此，她的戀人沒有不出人頭地的。她最初的戀人是表哥，除了她，還有富有的表妹作未婚妻。他拋棄富有的小姐，和她在租屋的二樓，窮得像舊浴衣。大學畢業那一年，通過外交官考試第三名，派駐羅馬的大使館。富有表妹的父親向她低頭，於是她退出；第二個戀人是困苦的醫學生，拋棄她，為了取得醫院建築費用，而與其他人結婚；第三個戀人是貧窮的收音機商人，說她耳朵的樣子錢會逃掉，把在小巷的店搬到大街。大街是妾的家。她被拋棄在跟他貧窮時候在一起的小巷；第四個戀人——第五個戀人——。

她的戀人是落魄的戲曲家，在他家也常有激進的社會科學研究家出現，他們頻繁進出後，終於把長篇的戲曲寫完。他依跟她的約定，寫了檸檬樹林。可是，在現實的社會中，他找不到明亮的檸檬樹。檸檬樹是這部戲的最後一幕。他說在基礎翻轉之後，理想世界的男女彼此說的最後一幕是檸檬樹林。可是，他因為這部戲，跟某新劇團的女演員戀愛了。如往例，檸檬女人退出了，如她預料，他也成功登上了梯子。

她下一個戀人是有時到戲曲家家裡大聲嘶吼的工人。可是，真的，神賜給她看男人的感覺遲鈍了嗎？這個男子沒有出人頭地，不僅如此，還成了煽動者，失去工作了。她失去了看男人的感覺。對她來說，那是活著的感覺。她完了。是因出人頭地而疲累了呢？還是某種意義的深遠錯誤？

她葬禮的那一天，戲曲家的戲熱鬧上演。他從扮演主角的新戀人台詞中，感受到是在模仿檸檬戀人。輝煌成功，戲結束的同時他把最後一幕舞台上的檸檬放到車子裡，趕往貧者戀人的墓地。然而，在她的石塔前面，不知是誰供奉，點著明亮的檸檬燈，像十三夜的月亮堆積起來。

「這樣的地方，也有檸檬樹林啊？」

駿河的小姐

「啊！啊！我也想住在御殿場附近呀！通車花一小時半呢。」

火車抵達御殿場驛時，女學生抬起雙膝以為要像蚱蜢般踢客車的地板，卻是將臉頰貼向玻璃窗，從月台行注目禮目送同校的學生們，同時像要伸展懶腰似無聊地說。

這班車在御殿場驛一下子變寂寞了。它不是快車，搭普通車的長途旅客都知道吧。早上七、八點，下午二、三點的班車堆滿花。這些搭火車上學的一票女學生，在客車中多麼開朗、熱鬧。快樂的時光是多麼短，十分鐘後到了下一站，五十個少女就一個也不剩了，然而，我在火車之旅中卻碰到好多地方的少女。

不過，現在的我不是長途之旅，是從伊豆到東京。那時候我住在伊豆的山上。從伊豆在三島驛換乘東海線，我搭的火車經常碰上這滿是花的時間。搭乘的是沼津女校的學生和三島女校的學生。我一個月去東京一、兩次，因此，一年半左右這些少女裡頭我記得大約有二十張臉。想起念中學搭火車通勤的心情。甚至還記得那些少女們大概都搭乘

第幾節車廂。

我那時坐的是從後面算來第二節的車廂。少女說從沼津驛到駿河驛，約要花一個半小時。她是駿河的少女。搭火車越過箱根的人應該都知道。駿河是女工們從面朝山川大紡織場的窗戶和庭院，朝火車揮動白布的都市。這個少女許是紡織公司的技師或什麼的千金吧！習慣搭倒數第二節車廂。最美麗又開朗。

一個半小時的火車，每天來回各一次，真的會覺得很久。上冬十月時節，早上天還沒亮就出門，天黑了才回來。那班火車五點十八分抵達駿河。對我來說一個半小時太短了。不刻意地看著她講話、從書包裡拿出教科書、編織東西、嘲諷遠座位的朋友，實在太短了。接著抵達御殿場後只剩二十分鐘。

我也跟她一樣目送走在雨中離月台而去的女學生們。由於是十二月了，電燈在微暗中被淋濕。遠處山上的火災鮮明浮現。

少女跟以之前的開朗不同，很正經地跟朋友們低聲交談。明年三月就畢業了，似乎想念東京的女子大學，她們商量這件事。

火車抵達駿河。女學生們在這裡全部下車一個也不剩。我的臉緊貼著窗戶目送他，感受到外頭的雨激烈拍打。少女走出車廂的同時：

「小姐！」一個女孩叫喊著跑過來，用力擁抱著不是嗎？

「哎啊！」

「我等了好久，我搭二點的車子來了。即使這樣我還是想見小姐呀……」

接著兩個少女撐著一把雨傘，把雨給忘了，二人臉頰幾乎貼在一起忙著說話。要開車的汽笛響了，女孩趕緊跳上列車，從窗戶探出頭來。

「到東京後我們可以再見面，來我學校的宿舍吧！」

「我不能去！」

「咦，為什麼？」

二人都露出悲傷的臉。女孩好像是紡織公司的女工。辭掉工作要到東京，為了見這個女學生在車站等了快三個小時。

「東京見呀！」

「嗯！」

「再見！」

「再見！」

女工的肩上濕淋淋的，少女的肩膀也一樣。

當鋪發生的事

因雪的反射而光亮的毛玻璃門映照著門松。新襯衫的胸前看來白白的，兒子坐在店裡。

這個少年嘴唇像塗了口紅，脖子附近的柔軟脂肪光澤如女孩。還有，似乎年底剛換的白木的格子，明亮得有如戲裡的當鋪。他隔著格子和少年作新年的寒暄——微笑談著高利的話題，一個月一分的利息，三百圓就是三十圓。

「這樣你要是有一千五百圓或二千圓的本金，光是利息就可以活下去了不是嗎？不可思議呀！世人為何不做高利貸款呢？」

「不要當借方！先扣除到期限為止的利息，加上手續費、調查費等等，最後到手的錢會比帳面少很多。要是無擔保的信用貸款，更是困難。」

「麻煩，這附近要是有你認識的放高利貸，希望能介紹給我。」

「這個嘛。」少年笑得親切，像小姑娘，聲音卻像圓滑商人的乾笑。

——這麼說來，我家的店或許可以貸款。他心裡打著這樣的如意算盤，但未露出形色。他想著在下雪路上等候著的女人。這時門打開了，他吃了一驚，但不是她。

那男子像是瀕臨死亡的人好不容易回到家，跟關起來的玻璃門一起嘎搭嘎搭地搖晃，他撞到牆壁，肩膀磨擦著牆壁前行抓住櫃台的格子。

「我是第一次來，請貸給我！」

那是女人穿在和服下的長襯衫。平紋薄毛絨被女人的肌膚弄得太髒了，他避開眼睛。從男子下襬看到舊毛藍絨的睡衣，木屐吃泥雪太深了，連粗木屐繩都鬆了。

「初貸者，如果不到您家評估，是沒法子貸的。」

「嗯，其實我年底前曾來過，也是這麼說的。那時老婆怕被鄰居知道感到丟臉。這次老婆管不了丟臉不丟臉，說到家裡來也可以。從十一月起，我們兩個人就一起臥床。我這樣的身體從車站那邊過來，所以回程時或許就已精疲力盡，只能慢慢走；若要一起到我家裡，能不借我一圓五十錢？」

「我這邊正月裡人手不足。」

「請把我當成走一千六百公尺的路程，要花一小時的病人看待。」男子用報紙遮住臉咳嗽。膝蓋夾緊，髒髒的手指和報紙同時顫抖。接著，勒索似地以盛氣凌人的口吻一直重複說著。當鋪的兒子像倔強的小姑娘不吭聲。

「說到這樣你還……」抓起長襯衫準備用舊報紙包起來。慌忙將報紙上的血滴藏到膝蓋。

「你到底有沒有血性呀？」

「對不起，沒有多到有血可以吐的程度！」

「說什麼！」激烈咳嗽的同時把口水吐往格子。

「給我記住，這是人的血！」

男子額頭暴青筋，眼睛往上吊，眼看似乎快倒下了，於是他說：

「對不起，一圓五十錢的話，我可以墊給你。」

男子訝異地看向他。一下子像氣球洩了氣。猶豫之間，門又開了，他把錢塞給男子。

「那我就收下了。」男子把長襯衫遞過來，他笑著還給他，男子向他鞠躬低下頭，頭髮都要蓋住額頭了，口中唸唸有詞，搖晃走出去。兒子從裡邊拿了消毒水來，擦拭格子上的血跡。

「像是從地獄來的敲詐者啊！」

「那像肺病黴菌巢穴的東西怎麼能收？聽他像在演戲，說話還很傲慢的樣子，我想那傢伙一定是社會主義者！」

第二個男子像逃進來似的，站在角落裡也不聽二人的談話；等到兒子回到櫃台，才畏畏縮縮地靠近，從懷中拿出小紙包。

「這是多少？」兒子打開包裹，是鈔票束。男子為了遮隱數著錢的兒子，像蝙蝠一樣張開袖子抓著格子，那是剛擦拭過血的格子。他的背影像蝙蝠寒傖而可怕，從少年手中一接過當票，像痛苦的影子板著臉出去了。

「剛剛給了百圓以上？付了百圓以上的利息，究竟收了什麼呢？」

「那不是利息。」少年終於回報像少女的微笑。

「這是祕密，那位先生是當現金來的。」

「他是小偷吧？利息是哪邊付的？」

「我說跟東西一樣是對方付的！——聽說他就住在不遠的前方。他想要讓人覺得他們家老是跑當鋪，大概很窮的印象，跟剛才的病人正好相反。」

「有必要讓人覺得窮到這種程度，那他的錢很可疑。他是做什麼買賣的？」

「讓人覺得他窮，既不花錢，而且不會有人來要錢。」

「我是來拿錢的，剛剛那不可思議的錢可以通融給我嗎？」

「這個嘛。」少年站起來往裡邊去，親切得像小姑娘的臉跑出來。

「老爹說可以——剛剛說的三百圓的一半。」

他跑到陽光照射的雪地。在雜樹林旁和玩雪球的小孩混在一起的他，開朗嬉戲著。

「我的墓碑要用比她還高的石塊製作，讓女人抱著墓碑葬身海底！」

滿身是血的父親死前留下這樣的遺言，於是兩個兒子製作了大又漂亮的墓碑。父親被他的年輕後妻和她的情夫聯手殺害慘死。

前妻的兩個兒子輕輕抱起比仇敵女人還高的石塔，搬到海邊的岩石上。小石頭從那裡扔下會變成芝麻般大小落進海裡；那是恐怖的斷崖，石頭掉入海裡前會讓人眼花看不清。於是兩個兒子用粗繩將脫光衣服的女人綁在墓碑上。就這樣推落墓碑。女人不由得伸展手腳緊抱住往下掉的墓碑。墓碑像有生命似地發出嗚嗚叫聲滾落海上。

結果如何呢？墓碑在斷崖途中一瞬之間像是停止似地不轉了，女人坐在上邊如坐雪橇咻咻地滑下去不是嗎？落到海面上時像美麗的小船不是嗎？那小船像一道光線筆直往海上衝過去不是嗎？看到這情形的兩個兒子雙雙撲也似地抱在一起。

「父親呀，請原諒我們。」叫喊著倒下去了。

女人的情夫趕到那裡了。但女人的船快得像飛過藍空的燕子，任何船都追趕不上。這時他奔向女人丈夫的墓碑，輕輕搬來石塔的基石，接著抱著它投身大海。結果那石頭變成了船，快得像一道光束。

男人的船追上女人的船，男人說：

「我們要感謝被我們殺掉的男子。」

「不行！不能感謝我的丈夫。一旦起了感謝之心，你的船就會變成墓碑呀。」

還沒等到女人說完，男人的船變成墓碑了，和男人的身體一起咕都咕都沉向海底。看到那情形女人說：

「我的船呀，變成墓碑到海底追我的戀人吧。」

裸體抱著墓碑像人魚沉下去。

然而，男人很是惱火，以為只有自己沉到海底：

「墓碑呀，變成小船浮到戀人的船邊，浮到海上吧。」

向自己殺死的男子懇求，因此，在下沉途中又浮了上來。

結果怎麼樣呢？往下沉的女人與往上浮的男人，在海中沒留意到，便擦身而過。最後只有女人沉到海底。

這個女人就是龍宮的仙女呀。

從她那裡聽到這個故事時，我心想這個女人殉情了。終究她和戀人投身入海，男人死了。而她甦醒的瞬間，邊叫著「哦」，邊緊抱著被欺騙的丈夫。後來她來看我，她說：

「跟老故事完全一樣，連結果都相同。」

金錢之道

大正十三年九月一日。[6]

「老太婆，差不多該出發了呀！」

聰明的乞丐健（健太）從木屑中抽出一雙破破爛爛的軍鞋。

「妳知道洋人的神嗎？睡覺時把福裝到鞋子的神喲，每年到了年底，每一家店都掛起襪子販賣，就是那個！」

健說著，把鞋子倒過來，砰砰拍掉灰塵。

「這裡頭要是裝滿銀幣，會有多少？一百圓？一千圓？」

然而，老太婆靠在泥土未乾的粗泥牆上，玩弄著紅梳子一臉茫然。

6 譯註：一九二四年。關東大地震發生於一九二三年九月一日。

「是年輕女孩吧？」

「什麼？」

「掉了這梳子的人哪。」

「肯定是。」

「十六、七歲？你看過吧！」

「算了吧，老太婆，妳又想起死去的女兒了。」

「今天是她的一週年忌呀。」

「所以要到被服廠遺址拜拜不是嗎？」

「要是到被服廠，我要把這梳子給女兒供養。」

「很好呀！不過，老太婆，想起女兒固然好，但妳不能想想妳年輕的時候嗎？我昨夜回來上了二樓一看，有男女從木屑堆中跑出來。那地方還溫溫的，我睡在那溫溫之上等著妳，還有妳撿了那紅梳子老是哭不是嗎？跟妳一起乞食有一年了吧？只要有一次就好，我希望妳變年輕，我們成為夫婦而死。這陣子，在燒毀地方重建的房子，不管哪裡都有年輕的傢伙跑進去幽會，我還不到五十歲哪！」

「我五十六歲，比死去的老公少兩歲。我做了個夢，夢見在被服廠死去的人，聚集了幾千人幾萬人，走過長長的橋！極樂世界還遠著哪。」

「一起去吧，今晚可以喝甜酒。妳到那邊去，左腳的鞋子借我，右腳好使呀！」

健穿著鬆垮垮的軍靴站起來，邊拂去老太婆腰間的木屑。

去年九月一日的大地震，老太婆的家人一個不剩燒死在被服廠。

老太婆被救護到淺草公園市公所搭建的臨時木板屋。

盤踞在公園的聰明的乞丐健，趁著地震後慌亂之際，裝作受災者接受衣服和食物的配給。然而，當這些乞丐被從臨時搭建的木板屋趕出去時，健對隻身的老太婆說，可以當作她丈夫的弟弟接受他。然而，市公所也不能讓能工作的男子一直白吃，加上他原本的乞丐性格，兩、三個月後離開救護所。

老太婆離不開健，不知不覺依靠著健生活。之後二人一起乞食。在東京被焚毀有一半重建中的、這一家到那一家，夜晚則餐風飲露。

那一天，敕使出發到被服廠遺址。總理大臣、內務大臣、東京市長在祭拜場讀哀弔文。各國外國大使送來花環。

十一點五十八分所有交通機關停止一分鐘，全市民默禱。

從橫濱一帶聚集而來的汽船，從隅田川各處往返被服廠岸邊。汽車公司爭先出差到被服廠前。各宗教團體和紅十字醫院、基督教女學校，往典禮場地設置救護班。

「繪葉書屋」糾集流浪漢，派遣他們當地震慘死屍體照片的偷賣隊。電影公司的技師舉著高高的三腳架走著。兌換攤並列，將參拜人的銀幣換成香錢。

青年團員沿途警戒。吾妻橋東和兩國橋東的臨時木板屋，家家戶戶張掛哀悼的布幕，準備了清水、牛奶、餅乾、水煮蛋、袋裝冰招待參拜的人群。

去年發生的悲劇、最後一幕的舞台——健鑽入數萬群眾中，提著似地抓住老太婆的手腕。在原色木材上纏著黑白布的高門前，健迅速將左腳的鞋子給老太婆穿。

「右腳的草鞋脫下來，光著腳吧！」

接著在用棍子圍起來的道路，腹部貼著腹部被往前推進，慢慢往納骨塔的正面移動。黑色驟雨落在人們頭部的前方。

「老太婆，看那個。那都是錢，是錢的雨呀！」

看得見大大的花環和莽草的供花像花團錦簇的樹林時，突然雙腳冰冷。是錢。

「哎，好痛！」

「好痛！」

人們縮起脖子。是錢！腳下是銅幣、銀幣。全部都是錢！走在錢的上面。納骨塔前的白木棉是金錢的山丘，移動不了的群眾等不及抵達那裡，扔下來的錢，像冰雹嘩啦嘩啦往頭上落下。

「老太婆！現在妳知道我的聰明了吧！就拜託妳了。」

健的聲音顫抖。左腳趾忙著撿錢，往右腳的大鞋子裡放進去。

金錢的冰冷道路，越靠近納骨堂越厚，人們走在一寸空著的土地上。

健拖著重重的鞋子，悄悄來到大河寂寞的河岸。蹲在鍍鋅鐵皮的屋頂下，對兩國[7]像夏天納涼放煙花的眾多船隻與人群感到驚訝。

「我死也值得了。走過金錢之道，啊，太可惜了，太可惜了！我像是走在地獄的針上縮著腳哪。」

老太婆的臉頰像是跟健蒼白的臉頰交換似地，年輕又紅潤。

7 譯註：東京墨田區之一町名。

「阿健，我啊，就像小姑娘一樣心裡撲通跳！」走在銀幣上心情非常好。像是被好男人咬住腳底。」

老太婆脫下左腳的鞋子，往裡瞧的健大驚叫出來。

「不得了！妳啊，撿的都是銀幣。」

「是呀，不像你，傻瓜才撿銅幣。」

「嗯，太了不起了！」

健直瞪著老太婆的臉。

「我還是乞丐個性，走在連自己的腰帶都看不到的人群裡，分不清銀幣還是銅幣。我不敢踏錢，撿了十枚腳就縮起來！女人這東西呀，事到臨頭時，膽子就大起來哪！」

「說些什麼？趕快算算吧！」

「五十錢、六十錢、八十錢、九十錢、一圓四十錢——二十一圓三十錢，還有還有呀！」

「哪，阿健，我忘了給女兒供養梳子！一直揣在懷裡。」

「女兒也可以瞑目了吧。」

「讓河流流給她，放進這鞋子裡流給她吧。」

老太婆像小女孩大大揮手，將鞋子扔向大河。

「阿健，錢可以明天再算，去買酒，買鯛魚，今夜我——我要出嫁！行嗎？阿健，還楞著幹什麼，討厭哪！」

老太婆的眼睛，被奇特的青春光采潤濕了。

從咕嘟咕嘟往下沉的鞋子裡，紅梳子浮上來了，在大河裡靜靜漂走了。

屋頂上的金魚

千代子的床鋪，枕邊有大的鏡子。

她每晚解開頭髮，臉頰一貼在白色枕頭上，就靜靜地看著那面鏡子。浮現在鏡子裡的，是三、四十隻獅頭金魚，牠們像沉入水缸的紅色人造花。

也有金魚和月亮一起浮現的夜晚。然而，月亮不是透過窗戶映照到鏡子的，千代看得到落在屋頂庭園水槽裡的月影。鏡子是幻想的銀幕。因此，她的精神由於銳利的視覺，像留聲機的唱針逐漸被磨損。所以，她離不開床鋪，在這床鋪上憂鬱地老去。只有在白色枕頭上散開的黑髮，還一直保留旺盛的青春。

有一晚，薄翅蜉蝣悄悄爬上鏡緣的桃花心木。她跳起來，用力拍打父親寢室的門。

「爸爸！爸爸！爸爸！」

蒼白的手拉著父親的袖子，跑上屋頂庭園。

一尾獅子頭，懷孕的腹部翻上，浮在水槽，死了。

「爸爸！對不起！原諒我吧？咦，你不原諒我嗎？我晚上都沒睡覺呢……」

父親沒出聲，繞著如死人棺木般並列的六座水槽看。

父親開始在屋頂庭園建造水槽養蘭壽獅頭金魚，那是從北京回來之後。

他長年在北京和妾同住，千代子是妾的孩子。

回到日本是在千代子十六歲時的冬天。舊日式房間裡，從北京運回來的椅子和桌子隨意放置。同父異母的姐姐坐在椅子上，千代坐在她前面的塌塌米，抬頭看著姐姐。

「我不久就是別人家的人了，無所謂，千代子不是爸爸真正的孩子喲！既然來到這個家，讓我母親照顧，這一點請不要忘記了。」姐姐說。

千代子頹然低下頭，姐姐雙腳放在她肩上，腳背將她的下顎往上抬想讓她向後仰。她抱著姐姐的腳哭泣。抱著的當下，姐姐的腳滑進她懷裡。

「啊，好暖和！幫我把足袋脫下來，把腳弄暖和！」

她哭著把懷中姐姐的足袋的別扣卸下，把冰冷的腳緊緊抱在乳房上邊。

不久日式房子改建為西式洋房。父親在屋頂的庭園並列六個水槽養金魚，從早到晚一直待在那裡。或從全國邀請金魚專家，不辭一、二百里之遠，帶著金魚參加金魚大會。

不知何時開始，照顧金魚成了千代子的工作。她一天比一天憂鬱，盡是看著金魚。

她的母親回到日本，分居的同時產生嚴重的歇斯底里。安靜下來就不吭聲。輪廓之美跟在北京時毫無兩樣；但是皮膚的顏色突然變得黑黑的，有點噁心。

有不少出入父親家的青年，想當千代子的戀人。她對那些青年說：

「去拿給金魚吃的蟲來，餵牠們！」

「哪裡有？」

「到各處的泥水溝找呀！」

然而，她每晚注視著鏡子，逐漸憂鬱、老去，二十六歲了。

父親死了，遺書被打開後，裡頭寫著：千代子不是自己的孩子。

她回到自己的寢室哭泣。一看到枕邊的鏡子，她「哇！」地大叫，往屋頂的庭園跑去。不知何時、從哪裡來，她母親已站在水槽旁邊，一張黑黑的臉，嘴裡塞著獅頭金魚，雙頰鼓起。金魚碩大的尾巴像舌頭，垂掛在母親的嘴上，她看到女兒也不認識，只是刷刷地吃著金魚。女兒邊叫著：

「啊，爸爸！」千代子毆打母親。母親身體後仰，倒向了裝飾的瓦片，嘴裡還銜著金魚，就這麼死了！

千代子因此從父母的一切解脫了。她恢復美貌、青春，展開幸福的旅程。

殉情

討厭她而逃走的丈夫，暌違兩年從遙遠的地方寄信來。

（不要讓小孩拍橡皮球！我能聽到聲音，那聲音敲打我的心臟。）

她沒收了九歲女兒的橡皮球。

丈夫又來信，這次是從不同的郵局寄出。

（不要讓小孩子穿鞋子上學！我能聽到聲音，那聲音踩著我的心臟。）

她給女兒輕便的草鞋，代替鞋子。少女哭著不上學了。

距離第二封信的一個月後，丈夫又寄信來，她感覺他的文字突然衰老。

（不要讓小孩用瓷碗吃飯！我能聽到聲音，那聲音會擊碎我的心臟。）

她讓女兒像三歲小孩用自己的筷子吃飯，女兒想起三歲時丈夫在身旁的時光。少女隨意從碗櫥拿出自己的碗。她迅速搶過來用力往庭石上扔。丈夫心臟破碎的聲音。突然，她眉毛倒豎把自己的碗扔出去。然而，這聲音不是丈夫心臟破碎的聲音嗎？她把餐桌推到庭院。這聲音？用全身的力量撞牆壁，用拳頭敲打牆壁。以為像矛那樣往隔扇刺，往隔扇前方滾出去。這聲音？

「媽媽！媽媽！媽媽！」

朝哭著追過來的女兒臉頰拍打下去。喂！聽這聲音。

那聲音像回聲，丈夫的信又寄來了。這次跟以往不同，是從新的遙遠地方郵局寄出來的。

（你們不要發出任何聲音。隔扇門窗也不要開開關關。也不要呼吸。你們家的時鐘也不要發出聲音。）

「你們！你們！你們呀！」

她這樣自言自語眼淚潸潸落下。接著不發出所有的聲音。永遠連細微的聲音也不發出。亦即母親和女兒死了。

接著不可思議的是她的丈夫也並枕而死了。

雞與舞者

舞者把雞抱在腋下而去——已是半夜，舞者當然不高興。

雞，不是舞者養的。

是她母親養的。

她如果成了偉大的舞者，她母親或許就不必養雞了。

——在屋頂上赤裸做體操呀！

她母親感到驚訝！

——不是一兩個人！是四、五十個人並排，像女學校做體操那樣。但說是赤裸，其實也只有腳。

水泥的屋頂上，充滿春光。舞者感覺自己的手腳像嫩筍伸展出去。

——即使是小學校，現在也不在泥土上做體操。

母親到後台門口接她。

——雞在晚上啼叫，我想妳身上可能發生什麼不好的事。

母親一直在外邊等到舞台練習結束。

——從明天開始在觀眾面前裸腳跳舞喲。

然後不經意地說：

——有奇怪的人哪！媽媽等候著的旁邊是後臺浴室呀！說是有男人茫然站著看一小時。毛玻璃的窗戶，影子不會映在窗上。聽說只看到水滴在玻璃上流下來。

——雞呀，你晚上應該會叫。

夜晚叫的雞，習俗是帶到淺草的觀音菩薩那裡丟棄。

說是這樣就可以避禍。

聽說跟觀音菩薩的鴿子一起生活的雞，都會是主人忠實的預言者。

舞者第二天夜晚，回到家就馬不停蹄從本所過言問橋，來到淺草。

腋下抱著裹著雞的包袱巾。

在觀音菩薩前解開包袱巾，雞一落地，啪啪地伸展翅膀，急忙不知逃到哪裡了。

——雞啊，真是笨！

心想可能縮著躲在哪邊東西的後邊，好可憐，於是找了一下沒找著。

舞者想起受託來祈求的事。稍點個頭，

——觀音菩薩以前也跳過舞嗎？

然後往上一看，嚇了一跳。

銀杏高高的樹枝上，四、五隻雞在那裡睡覺。

——雞到底怎麼了？

舞者去小屋途中，在觀音菩薩前停住腳步。

昨夜的雞，不知從哪裡靠過來了。

她滿臉通紅逃走了。雞跑過來。

舞者被雞追著跑，公園裡的人看呆了。

雞在人群裡邊，一天比一天像野生的鳥。

可以飛得相當遠了。羽根沾了沙子，變得白白的，像淺草流浪少年的從容態度，和鴿子一起撿拾豆子，或在賽錢箱上「耀武揚威」。

然而，舞者不想再從觀音菩薩前經過。

因為經過時，雞已經忘了她。舞者的家，孵了二十幾隻小雞。

小雞即使夜晚叫，也不會不吉利吧！

——即使是人，小孩夜晚哭泣，是理所當然的吧！

——的確，大人夜晚哭泣，是奇怪的哦！

舞者說了這樣的無聊話——雖是這樣，多少感覺到它的意義。

她常和中學生一起走。

不怎樣的舞者，似乎會和中學生同行。

回到家一看，

——到底怎麼搞的啊，雞，還是夜晚叫呀！妳，到觀音菩薩去祈個願吧！

舞者打寒顫，但還是笑了。

——既然生了二十隻小雞，那麼我跟二十個男人走路也沒關係嗎？這樣我一輩子就夠了。

舞者想錯了。

雞的預言不是中學生。

舞者腋下抱著包裹著雞的包袱，奇怪的男子纏上來了。

舞者不是害怕，而是抱著雞覺得難為情。怯怯的她——是的，想大叫！

抱著雞的舞者，確實讓人感到奇怪。

男子無疑的認為這是好機會。

——小姐，要不要跟我這麼棒的人合夥賺錢呀！我呀，每天搜尋妳跳舞的小房子的垃圾箱，可沒有撿起來哦！紙屑裡，丟了好多給舞者的情書呀！

——哦？

——妳懂了吧！拿這個向笨蛋的男子，要點錢哪。這事啊，要是和後台的女人聯手，就方便多了呀！

舞者想逃走。

男子抓住她。

她不由得用右手推開男子的臉——是雞吧！

雞連同包袱一起被壓向男子的臉，劈拍劈拍地拍翅膀——這怎麼受得了呀！

男子慌忙逃走。

因為他不知道是雞。

第二天早晨，舞者經過觀音菩薩前一看，昨夜的雞還在那裡，跑到她腳邊來不是嗎？她咻咻地笑，不過，這次不會慌忙逃走了，悄悄離開。

接著，一進入後台，

——各位，書信要保管好，不要丟到垃圾箱裡！這樣的告示會傳到公演中的後台不是嗎？要遵守公共道德呀。

果然，不久之後她因此成為了不起的舞者。

萬歲

姐姐二十歲，妹妹十七歲，在同一溫泉區的不同旅館服務。二人都很美而懦弱。她們很少往來，偶爾在村子演戲小屋碰面。

演戲大約兩個月一次、中元節、正月、農閒期、大祭日和村祭的時候，巡迴演出的藝人來，大抵演出三天。旅館的女服務生只要有空，會去看二晚。因此，姐妹不用約定，自然會碰到。不過，只能站著聊幾句，便馬上分開往各自的看台去。二人長得實在太像，而且二人都很漂亮，因此大家不好意思直瞪著看。她們離開之後依然談論不止。

然而，電影開始上演時，二人靠在一起欣賞。電影結束電燈大亮，二人都臉紅紅低著頭。

姐姐旅館的男客與妹妹旅館的女客彼此認識了。男客先開口：

「妳的故鄉是哪裡？」

「我沒有故鄉。」

「長久逗留嗎？」

「是的，一個月左右。」

「往後一直在這裡？」

「這就不知道了。全日本從這裡往西的溫泉，我大抵都知道；我想沒有這麼無聊的溫泉，因為一個月都不能移動。」

女人接著繼續說了大約二十處溫泉的印象。

「我是巡迴演出藝人的女兒，出人頭地……」這麼說，笑了。

見了五、六次之後，女人終於說了：

「可以帶我到別的溫泉嗎？要是可以送我到下一處溫泉，只是那樣就可以了。那麼，要是你討厭我，你可以回家了。」

女人接下來告訴我一生的夢。她是在南方溫泉遊走的巡迴演出藝人的女兒。憧憬日本全國的溫泉，想起辛酸的旅途。等待著男人把她從一個溫泉區的旅館帶到下一個溫泉區。在那裡尋找帶她到另一個北方溫泉區的不同男人。她說著經歷過男人數目的溫泉向北來。

「在這裡都待了一個月，你也好可憐呀，每天焦急，悲傷起來了。我不想在到達北海道最北邊的溫泉之前死在路邊。到那裡還有幾座溫泉？不趁著年輕時候去，就不會有人帶我去。」

男人高興地說：

「好，我就買妳的幻想！」

一輛無蓋的車子等待著。

兩個旅宿的女服務生們來為這對男女送行。姐姐和妹妹在車子旁會合。

二人坐上去，發動的汽車上，女的轉身回頭，大大揮舞芒草的花束似乎很高興地叫喊。

「萬歲！萬歲！萬歲！」

「再見！」

「再見！」女服務生的一人這麼說，被女的聲音吸引，也喊著。

「萬歲！」這一來傳染到六、七個人。

「萬歲！」

「萬歲！」

「萬歲！」

逐漸遠去的女人也頻頻。

「萬歲！萬歲！萬歲！」

搖晃身體科科笑著，不知何時手拉著手的姐姐和妹妹，抱在一起交換彼此想跳舞的眼神之後，高高舉起互相握著的手很高興地叫著：

「萬歲！」

「萬歲！」

男與女與大板車

路旁的大板車兩端，四、五個少男少女並坐著，車軸發出咿啞聲，空地處玩著翹翹板的遊戲，連晚餐都忘記了。男孩的手腕緊緊抓住女孩肩膀，女孩的手按住男孩膝蓋或車台，每次腳一碰到地面就用力蹬使自己浮上來、再下沉。這小小的景象，在夏天遲暮傍晚陽光下，陰暗浮現。行人稀疏，而且腳步似乎很快。

「戚他、吧他——上面的是國王，下面的是乞丐……」孩子們在大板車繼續唱著翹翹板的調子。

突然，十二、三歲眉毛漂亮的男孩，雙手從原本抱著的兩個女孩肩膀上離開，頭轉向後，叫喊。

「換一次組吧！」

「為什麼要換？不換也沒關係，不如趕快用力蹬吧！」背對著的其中一人回答。

「不換的話，沒意思。車轅這邊比較吃虧，蹬不高。」

「啊，騙人，騙人，不是蹬得一樣高嗎？」這也是一個十二、三歲的少女，髮髻很美，垂肩的短髮髮尾搖動稍轉過頭來說。

「百合子閉嘴，不要多說。屁股相對的人怎麼知道高或低。可是，我看到了，車轅這邊較不利。」

「連龍雄也不知道。」

「不換組的話，我不玩了。」

「車轅那邊也沒損失，麻煩，快點蹬吧。」

「討厭！」

「討厭的話就停止吧！為什麼討厭我也很清楚。你是想跟百合子一組吧？」抱著百合子的肩膀和龍雄爭吵的少年語含諷刺。龍雄砰地從車體跳下，雙手抓住車轅，同一瞬間和回過頭的百合子四眼相對，臉紅了，漂亮的眉毛明顯浮現敵意，回答：

「你也想跟百合子同一組吧？所以我不想換。」

身體離開車子臉紅站著的百合子不服輸，意外的對跟龍雄爭吵的春三說：

「我，討厭像春三說那種話的人。所以，我想跟龍雄一組。」

「什麼？女孩子玩翹翹板，瘋丫頭。」春三轉向。

「不行呀，車主要是來了女孩子逃不掉，搞不好還挨揍！」

「誰會揍？車主的叔叔常來我家。」

「常到妳家又怎樣，我還搭過他的車子。」

「什麼時候？說！」

心平氣和的龍雄不理會春三和百合子的話，覺得小孩子們還玩得不夠，和氣地說：

「換組什麼的我都無所謂，再玩一次吧！」

「好呀，不過，我要跟龍雄一組。」

春三被百合子傷害到，而且氣勢徹底被壓下去了。

「女孩子又怎樣？我才不想跟女孩子一組呢。沒有人願意跟女孩子一組的。哪，龍雄，男的一組吧。」

「怎麼都行，快點吧。」龍雄把春三的話聽進去了。

「好啊，我不跟龍雄一組了。跟誰都可以。」

「可是，男女分開不行！女的較輕，這樣沒意思。」春三說。

「看，春三就是這樣，混蛋！」百合子這麼說，冒火的眼光投向龍雄；而龍雄沒有回以少女希望的眼神，於是，百合子說：

「女孩也不輕。」

「說什麼?很輕呀，膽小鬼很輕。」又挨槍的春三眼光銳利。

「不輕，那就弄得重瞧瞧吧。」

龍雄心平氣和插嘴。

「百合子不要逞強，一定輸的。」

「龍雄膽小鬼，我們不會輸的!」

百合子回頭看向其他女孩們。數一數，少年五個，少女五個，然而，除了三人，其他都是小二、三歲的小孩。

「說大話，試看看吧，試看看，哪，龍雄試試吧，看哪邊重?」

百合子瞇著可愛的眼睛稍加考慮後，突然露出天真的微笑，高興得身體扭動起來說:

「好啊，好啊，我們不會輸的，看吧，快點來!」

百合子跑去抓住車轅的前棍。接著對招集來的女孩們咬耳朵，嗤嗤笑著。

「耍詐，耍詐，百合子不可以耍詐!抓住車轅的邊邊不行，要抓住車體才可以。」

龍雄忘情地叫喊。

「那一定輸呀，我無所謂，但是其他小孩還小。」

春三也沒閒著。

「耍詐就不要玩了。我討厭被女孩子贏。」

「你們不是男孩子嗎？我們都還沒贏，男孩子卻是膽小鬼！」

「贏給妳看看，不要說大話，瘋婆子！」

春三雖然沒輸，但是抓住車尾的男孩們的腳離地身體了浮上來。離車軸較遠在車轅的百合子和女孩子們高興得不得了。

「贏了，贏了，看吧。男的窩囊廢，男的窩囊廢！」

「哪有輸？我們沒輸呀！」春三開罵，對男孩子們不知嘀咕什麼，突然，「注意了，一、二、三！」五個人一起手腕和腹部用力，大力押車子。

百合子抓住車轅的手被強力往上拉，手鬆開了，成了仰臥姿勢，漂亮的浴衣像是被風吹起，往上掀開了，身體掉落地上。她很快把衣擺合起，翻身俯臥，用雙袖掩著臉，抽搭抽搭哭泣，不站起來。

還好其他女孩手沒放開。

「哎呀！」

驚嚇的少年少女們跑到倒在地上的百合子旁邊。春三看百合子的臉，斷定只是跌倒沒受傷，就說：

「愛哭蟲！所以女的是膽小鬼，動不動就哭。」

聽到這話的百合子很快站起來，雙袖仍掩著臉，哽咽的聲音斷斷續續說：

「好啊，你給我記住。我要跟父親說，要他揍你。媽媽也說過，不要跟春三那樣家的人玩呀！還有龍雄也很過分，太過分了。」

接著翻過身子，跑到青桐多的半洋式的家門口，臉緊貼在門上，身子微微顫抖。

「什麼，這是你家？你家才是鄉下房子呢。我才不管你父親怎麼樣。」

春三說著，努力鼓勵其他孩子，繼續玩翹翹板的遊戲，或者玩別的不一樣的遊戲。然而，龍雄和少年少女們都擔心趴在門上哭泣的百合子。還有想起家。

一臉覺得無趣的春三，或許是懂了靠著門卻不開門的百合子的心，很快跑過去，嘴靠近女孩耳邊，百合子扭著肩，把臉轉過去，他緊接著轉過去，幾乎要抱住百合子，直拗地繼續小聲說話。

百合子輕輕點頭後，正面和春三相對，有點不好意思地笑了，又再點頭。接著春三和百合子回到大板車的地方。

這次龍雄和春三和百合子跟另一個女孩子成一組，大板車的另一邊坐著年紀小的其他六個小孩。龍雄和春三手放在百合子肩上開始玩翹翹板遊戲。

五分鐘後，突然大顆雨的滴點點掉落葉櫻上，敲打大板車。在這之前小孩子們甚至忘了仰望天空。

「哎呀，驟雨。好冷，濕了，濕了。」

「雨算什麼？濕了又怎樣！」

少年們放在女孩肩上的手腕用力壓住因想站起而扭動的身體；同時加快翹翹板的速度。

「討厭，我說討厭！好冷啊，一定會被罵的。」

驟雨越來越大，涼爽了整條街。

「下雨了回去吧……」春三大喊跳起來，男孩子們一溜煙跑了。

「哎呀，你們好過分！」

大雨滂沱中留在大板車的百合子叫喊。

藤花與草莓

他們在秋末結婚。因此，從冬天到春天，寢室的窗戶每晚都關著，厚厚的窗簾一直遮住。

現在將它換成夏天薄薄的窗簾，感覺像盲目的新婚愛情，突然打開明亮的窗戶，妻子不捨得關上玻璃窗，總覺得雀躍，久違的淘氣姑娘回來了，是因為夜風搖曳青葉的關係嗎？

「有乳香味，初夏的空氣，很香！」

「乳香味，是妳自己吧。昨天，妳的回信也這麼寫。」

「可是這時候的青葉、嫩葉，也會發出像姐姐的味道，因此，那孩子也會想起姐姐。」

那孩子指的是故鄉死去的校友的妹妹。那個少女昨天突然寄來幼稚話語的信函——信裡這麼寫著：我檢查姐姐的遺物，看到妳的信，所以知道姐姐有妳這樣的朋友。好懷念呀！感覺妳就像姐姐。

那個妹妹大概是剛進女校的年紀吧，沒來由地親近人，對同年級生或高年級生有夢一樣的憧憬——只因為是死去姐姐的朋友，就覺得那人像是真正的姐姐吧！

「那種年紀的女孩的感情，不好好安慰不行。」

「想起妳自己撒嬌的過去吧。」

「是呀，不過，那個妹妹我一定見過，可是就是想不起來。」

「既然這樣，回信還含著淚？女人呀，我真的不懂。」

窗上藤花串搖曳。那紫色，在清澄的月光中浮現，更是夢幻。妻對丈夫有點瞧不起的口吻，與她心中的豐潤情懷不相符，於是有點鬧彆扭地說。

「奈良公園的藤花也開了，在高高杉樹稍上那花的顏色，有如我們年輕女孩的友情之花——我想不起你朋友的妹妹，不過，她哥哥我可是記得很清楚。」

這一招果然奏效。丈夫眼底浮現認真的眼色。

「應該是吧，妳們約定好當真正的姐妹所以感情好。因此，現在對妹妹寄來的信，會覺得悲傷吧！」

「或許是這樣。不過我們並沒有那麼清楚約定。然而，妹妹只因為我是姐姐的朋友，就說感覺我像是真正的姐姐。朋友的哥哥，或許就跟這一樣，我覺得就像是真正的哥哥。」

「嗯！」

「哎呀，你這個人！你不覺得年輕女孩的這種感覺很可愛嗎？」

「想起那樣的事，是因為嫩葉的關係吧！睡吧！」

「不過，那個哥哥不會像你一樣說些可怕的話吧？例如說：我永遠愛你，一直到你愛我為止。你的信，我感到可怕，投降了。不過，女人不會那麼說。會說：我永遠愛你，即使最後你不愛我，我也愛你。女人跟男人不同，無聊吧！」

「妳不要再說了！我到下邊拿草莓上來吃吧！」

「好啊！《枕草子》裡說：雪飄落在水晶的念珠、藤花、梅花上。乳兒吃草莓非常可愛。清少納言也生過孩子嘛！說到嬰兒吃草莓的嘴唇，真的好美啊！」

妻已經忘記奈良藤花的回憶，在寢室窗戶的藤花中，描繪自己生的乳兒的嘴唇幻影。

屋頂下的貞操

——下午四點在公園的山丘等候。
——下午四點在公園的山丘等候。
——下午四點在公園的山丘等候。

她同時以限時信寄給三個男人。拿著拐杖的男人，與戴著眼鏡的男人，和沒拿拐杖也沒戴眼鏡的男人。

三月下午三點的山丘，她像夕顏的花靜靜綻放著。她的身旁，今早幼嫩的肌膚第一次接觸到空氣的嫩芽，在各棵樹的樹稍悲傷地等候出生以來第一個夜晚。

拿著拐杖的男人登上山丘而來。那是拐杖的功勞，一定是拐杖探查出來的。她每天寄限時信給幾個男人，而第一個趕來的男人，就是那天陪她一起過夜的人。

她的微笑，好美，像是今天剛出生的。以無邪的腳踵準備跑下去，突然，莊嚴地閉上眼睛，在臉上畫十字。

「神啊！感謝祢今晚賜我這一位，讓年幼的我有一夜可以安眠的地方。如果明天我還活著，明天也請祢賜給我一位祢的子民，藉著他，可以在哪兒給我一夜的宿處。我這樣祈禱，奉主耶穌之名！」

然後，她親暱地貼近男人。這時，都會的家家戶戶從山丘下冷冷仰望她。她目眩似地遠望，說：

「屋頂啊，屋頂啊，我朝向天空抬起小小的頭，無數的屋頂啊！女人貞操的守護神呀！你們一個個以深深的慈悲守護著一個個女人的貞操。我每天晚上在不同的屋頂下，對那一夜的屋頂，守著那一夜的貞操睡覺呀！啊，今夜我的屋頂是哪兒？因為，不會對我生氣的只有那一夜的屋頂——」

他們往街上消失而去。

落日

近視眼的女人，在二等郵局的庭院匆忙寫著可折疊的明信片。

「電車的窗戶——電車的窗戶——電車的窗戶。」寫了三次又塗掉。「現在——現在——現在。」

負責限時信的郵局職員用鉛筆搔搔頭。

服務生在大餐廳的廚房，要廚師幫忙繫新圍裙的帶子。

「是繫在後面嗎？繫後面不是以前的方式嗎？現在是從前面繫在胸上呀。」

「去你的！」

即使是詩人，也買砂糖。砂糖店的小伙計把大湯匙插在像座山的砂糖堆裡。

「不，回家後不烤麻糬了。要是把砂糖放在口袋裡走在街上，會浮現白色的幻想吧。」

接著詩人對錯身而過的人群嘟噥。

「人們啊，你們是走向過去吧！我可是走向未來哦。那麼，跟我往同方向走的人呢？也是往未來？呸！哪有這回事。」

郵局的少年騎著腳踏車，在近視女身邊繞來繞去。

「喂，喂！」

「哎呀，我近視啊。我連砂糖店的純白砂糖都看不到，我會想那個人，還有那個女人坐在電車的車窗，是因為那個人還喜歡現在的我！對吧？限時信先生。」

詩人與服務生在餐廳微笑著。

「哦，是新的圍裙啊，後面讓我看看。背部停著白色蝴蝶。」

「討厭，不要看我的過去呀！」

「好，我朝向未來走的話，會走到妳這兒。」

這時，到剛才為止，在這條街從東邊往西邊，掛在西邊盡頭的、當鋪倉庫屋頂上的太陽，無聲無息掉下了。

哦，走在街上的人們，在這瞬間大家吐出小小的一口氣，放慢了三步。只是，大家都未察覺。

在道路東邊遊玩的小孩子們轉向西方，為了捕捉落日，各自縮腿擺姿勢，往上跳！

「看到了！」

「看到了！」

「看到了！」

大家都說謊，根本什麼都沒看到。

盲者與少女

有一個可以從郊外停車場搭省縣電車回家的人，加代不了解為何一走到停車場的這條道路時，非得讓人牽他的手不可。雖然不了解，但不知何時這事卻成了加代的任務。田村第一次到她家來時，母親說：

「加代！送他到車站。」

離開家不久，田村把長手杖換成左手拿，探尋加代的手，看到田村的手在她的側腹部遊走，加代臉紅只得伸出自己的手別無他法。

「謝謝，妳年紀還小吧？」那時，田村說。

加代心想是不是也要送他上電車？田村只拿走車票，留下零錢，一個人很快進入剪票口。看到他接近停在月台上的電車，他邊走邊用手摸著窗戶的高度，找到入口進去了。看著的加代放心了，電車一開動，不由得露出微笑。讓她覺得他的指尖有像眼睛般不可思議的功能。

曾有過這樣的事——夕陽照射進窗戶時，姐姐阿豐正在補妝。

「妳知道鏡子裡照著什麼呢？」姐姐說這話的捉弄，加代不是不知道。鏡中映著的當然是正在化妝的阿豐不是嗎？

然而，阿豐的捉弄，是看鏡中的自己看得入迷。

「這麼漂亮的女人向妳諂媚哦！」包含這樣心情，向男人糾纏的聲音。

田村默默膝行靠近，開始用指尖撫摸鏡子的玻璃，接著用雙手改變鏡台的方向。

「怎麼了？做什麼？」

「照著樹林呢！」

「樹林？」

阿豐受引誘似地滑行到鏡台前。

「是夕陽照射到樹林。」

阿豐疑惑似地看著來回撫摸鏡子的田村；突然嗤地笑出來，把鏡子轉回原來的方向，又繼續專心化妝。

然而，在那裡的加代感到驚訝。鏡中的樹林讓她吃驚。如田村所說，高大樹林裡夕陽照射如紫煙。樹木的廣闊枯葉，葉子背面受到陽光的照射看來通徹而溫暖。真像春日和煦的夕暮；然而，鏡中的樹木跟現實的樹木感覺完全不同。或許是未照射到如薄絹的柔和日光，有種冷冽之感，像湖水。現實的樹林，加代每天從窗戶看慣了，卻從未仔細觀看。被盲者這麼一說，感覺像是第一次看到樹林。她疑惑想著，田村真的能看到那樹林嗎？真想問他分辨得出真正的樹林和鏡中樹林的差別。乍然覺得他撫摸鏡子的手有點噁心。

因此，送他到停車場時，手被他握著，也有突然感到恐怖的時候。然而，田村每次到家裡來，這一項是她的工作，一再重複之間，這事也就忘了。

「這裡是水果行前面吧？」

「來到葬儀社前了？」

「和服店還沒到嗎？」

重複走在同樣的道路，田村既不是開玩笑，又不是很認真地說這樣的話。右側是香菸店、車行、鞋店、旅行箱店和紅豆湯店——左側是酒莊、足袋店、麵館、壽司店、化妝品店、牙醫診所和雜貨店——到停車場有六、七百公尺的道路兩側並列的商店，加代告訴他的商店順序完全記住了。邊走邊猜測兩側的商店，成了他們的遊戲。因此，路上每次新增加了衣櫥店、西洋料理店的新景物，加代就會向田村報告。加代心想或許田村是為了消除少女牽著盲人手的無聊，才想出這樣的遊戲吧？對於他能像明眼人一樣清楚沿途的商家，也覺得不可思議；而這樣的事不知何時也習慣了。然而，母親生病臥床時：

「今天葬儀社有擺出花圈嗎？」被問到時，加代冷眼回看田村的臉。

他於是若無其事這麼說：

「姐姐的眼睛那麼漂亮呢。」

「是呀，很漂亮。」

「特別漂亮。」加代沒吭聲。

「比加代的眼睛漂亮。」

「怎麼說？」

「怎麼說——姐姐原來是盲人的妻子吧，丈夫死了之後一直只跟盲人來往。加上母親也是盲目的。所以呀，就認為自己的眼睛特別漂亮！」

不知為什麼這句話深入加代心中。

「盲目會連三代人遭殃啊。」

姐姐常故意大聲說這樣的話給母親聽、嘆息。她擔心生下盲目的孩子，即使不盲目，感覺那孩子又會成為盲目的新娘。她成了盲目的老婆完全是因為母親盲目。盲目的母親只跟盲目的人往來，因此害怕眼明的男子當女兒的夫婿。其證據在於，女兒的丈夫死後，有許多男人來家裡過夜，而他們全都是盲目的。消息都是由盲人傳給盲人。一家人都認為要是把身體賣給非盲目的男人，就會馬上被人向警察檢舉。好像為了奉養盲目的母親，而非得從盲目者身上取得金錢不可。

那些男人中，有一個按摩的有一次帶田村來。田村和他們不是一夥的，他是曾捐給盲啞學校幾千圓的年輕富人。之後，阿豐把田村一個人當客人。她從頭就瞧不起田村。他經常寂寞似地以盲目的母親為談話對象。加代有時一直看著他。

母親病死了。

「加代，我們逃過盲目的災難了！心情終於可以寬鬆了。」阿豐說。

不久，附近西洋餐廳的廚師住進家裡。佳代對明眼男子的粗魯感到畏縮。阿豐跟田村告別的時候到來了。加代最後一次送他到停車場。電車開動之後，感到自己的生活沒了似的寂寞。她搭下一班電車追田村而去。雖然不知道他家在哪裡，但長期牽著他的手，似乎也能知道他走的路。

脆弱的器皿

街的十字路口有古董店。陶器的觀世音像站在店與道路分界處，約十二歲少女的身高。電車經過，觀世音的冰冷肌膚和店的玻璃窗一起輕輕顫抖。那座像會不會倒向道路呢？我每次經過都感到神經微痛——我作過這樣的夢：

觀世音的身體垂直向我倒過來。

長又豐腴、下垂的白色手腕，突然伸長抱住我的脖子。因為無生物的手腕變成有生物的恐怖，與陶器冰冷的觸感，讓我往後跳開。

觀音像在道路上摔得粉碎，聽不到聲音。

她撿拾那些碎片。

她蹲下急忙撿拾散開的亮亮的陶器碎片。

我對她的出現，感到驚訝，有種滿懷辯解的心情，正想開口時，卻醒過來了。

似乎是觀世音倒下之後，瞬間發生的事。

我替這個夢找到意義了。

「你們對待妻子應如對待較脆弱的器皿。」[8]

那陣子我的腦中常浮現《聖經》的這句話。「脆弱的器皿」這個詞，讓我常聯想到陶器。還有，聯想到她。

年輕的女孩真容易破碎。戀愛，從某方面來說，也意味著年輕女孩容易受傷破碎。我是這麼認為。

在我的夢中，她不是正匆匆忙忙撿拾自己的碎片嗎。

8 譯註：語出《伯多祿前書》第三章。

戒指

貧窮的法律系大學生，帶著翻譯的工作到山中的溫泉。

三個從都會來的藝妓把圓扇放在臉上，在林中的小亭子畫寢。

他從樹林邊角的石階下到溪流。蜻蜓群飛的溪流，大岩石裂開為二。

少女裸體站在岩石鑿成的浴槽。

他想少女大概十一、二歲，也就毫無顧忌在河邊脫下浴衣，身子沉入少女腳邊的溫泉。

似乎閒得無聊的少女面露微笑，熱氣上升呈薔薇色的身體，擺出引誘他親近的態勢。身體，一眼望去就知道是藝妓之家的孩子。很快就感受到，她未來會有著讓男人官能享樂的病態之美。他眼神訝異，感覺像扇子擴展開來。

突然，少女舉起左手，輕輕叫喊。

「哎呀，我竟然忘記拿下來。」

他不由得被誘導抬頭看少女的手。

「小屁孩！」

他瞬間對少女感到強烈的厭惡，而不是被騙的懊悔。

想讓他看戒指——他不知道進入溫泉是否要脫下戒指，但明顯是中了小孩的計謀。

他可能露出比自己感覺更不高興的表情吧。少女紅著臉玩弄戒指。他苦笑掩飾自己的沒大人氣度之後，若無其事地說：

「很漂亮的戒指呀，讓我看看。」

「是蛋白石喲。」

少女終於高興似地說，往浴槽蹲下。拿著戒指的那隻手，遞給他的當兒，順勢滑了一下，另一隻手放在他的肩膀上。

「蛋白石？」

她的發音，使他感到她極為早熟，因此他重複說。

「是的——我的手指細小，金子是特別訂製的，可是寶石太大了。」

他玩弄少女的小手。含紫色的乳色寶石散發出溫柔亮光，看上去非常漂亮。少女身體正面向他靠得很近，看著他的臉，似乎非常滿足。

這個少女如果希望他能把戒指看得更清楚，即使裸身讓他抱在膝上，或許也不奇怪。

日本人安娜

他們兄妹二人只有一個錢包。更正確地說，哥哥有時借用妹妹的錢包。黑色皮革的馬蹄形錢包，有紅色邊是女性用的標記。即使安娜有著同樣的東西，他也不覺得奇怪，反而認為這可愛的俄國女孩也趕女學生的流行。

對了，妹妹邀他到某百貨店時，瞧著用化妝品裝飾的玻璃箱上的盒子，用嘴唇指著有「每件五十錢」的牌子。

「班上同學大家都有這樣的錢包哪！」

那是那樣子買下的錢包。

安娜也有同樣的錢包——黑色圍巾在攤子上，像死去的蝙蝠翅膀，長長垂下，她買鹹豆時，他看著那錢包，只因為知道有著同樣的東西，他突然向前踏一步向對她搭訕。安娜披著黑色披肩，摟著沒穿外套的弟弟伊斯拉耶爾的肩膀。伊斯拉耶爾的弟弟但尼耶爾頭上沒戴帽子，扒老人腰間的袋子。

藝人和賣票女孩從淺草公園小屋的後台門口出來，流浪漢多的時刻。俄國音樂師們像乞丐的緩慢步伐，踩著裸木結凍的影子而去。他有時走在他們之前，有時走在他們之後，終於尾隨到公園後邊的木造出租房子。為了看安娜走在二樓的走廊，他背靠著道路對面胃腸科醫院的白壁——呆立不動。

一個中學生像壁虎貼著白壁、伸直身子一直瞪著木造房子的二樓。無疑是尾隨安娜而來的。他是高中學生。二人快哭出來，認真地互相避開彼此的臉，冰冷的腳站立十分鐘以上。高中生突然用斗篷完全蓋住頭，像狗一樣跑走。他進入木造房子。來到安娜隔壁的房間，櫃台馬上說：

「對不起！我們的規定房租要預付。」

「哦，是一圓三十錢吧！」他的手伸進上衣的口袋，錢包沒了！趕緊找身上其餘的七個口袋，找不到。

——被安娜扒走了。

安娜他們從N館的後台門口出來，在溜冰館前止步，混入看溜冰的觀眾群裡。他站在安娜身邊，披肩的袖子有意無意觸碰她的圍巾。安娜離去轉身時故意踩他的腳。

「對不起！」不由說出口的是他。安娜臉紅，微笑。小臉的眼尾和唇端稍許上揚，像兇猛的鳥微笑，同時瞪他一眼，低下頭。他決定尾隨——是那時候被扒的？

櫃台手伏著走廊，嘲笑似地抬頭看他。

「我掉了錢包。明天早上我讓妹妹拿過來不行嗎？真是傷腦筋！即使現在打電話到我的宿舍——今天已經很晚，妹妹也來不了呀。」

「預付是我們的規矩。」

「你是說我不能住嗎？」

「實在對不起，現在或許還有電車，本鄉的話，即使走路也回得去呀！」

他直瞪著脫在玄關的安娜的舞台鞋，走下木造房子的階梯。他用英語唱著俄國歌曲走回本鄉。

「請進！」第二晚櫃台以陌生的臉迎接他。他從紙拉門的縫隙窺視安娜的房間。壁龕堆放著安娜兄妹皺巴巴的內衣褲、兩個舊皮箱、皮箱上有鹹豆的袋子、生鏽的口琴、衣架裡一個滿是灰塵的花環、用木板組成的小木馬——此外無任何東西。倒著的木馬頭上掛著似乎不是玩具的俄國勳章。

來鋪床的女侍者說：

「老闆！」他生平第一次被這麼稱呼，隔間的隔扇打開了。

「這裡的外國女孩你喜歡的話，我可以幫忙。」

「耶？」

「你可以出二十圓嗎？」

「可是，那孩子才十三歲呀。」

「咦？是十三歲嗎？」

安娜他們回來，兩個弟弟只說二、三句話，似乎很快就睡著了。他在堅硬的床上咖搭咖搭發抖。

第三個晚上，他向朋友籌到二十圓；不同的女侍者到他的房間來。父親和弟弟睡了之後，安娜小聲唱歌。偷看之下，她只有腳伸進床鋪，坐著。裙子折疊整齊放在床下。膝上堆滿內衣褲。安娜用日本的縫針縫補著。

開始聽到街上的車聲，他又偷看，只看到抱著伊斯拉耶爾的安娜的頭髮。對面床上睡著的父親和但尼耶爾。他輕輕拉開紙拉門爬似地將錢包放在安娜的枕邊——黑皮革的馬蹄形，有赤線滾邊的小錢包，今天他專程從百貨店買了跟之前同樣的錢包。

他哭腫的眼睛醒過來，房間的紙拉門邊——放著同樣的兩個錢包不是嗎？新的是昨夜的二十圓，舊的是十六圓多——安娜之前從他那裡偷走的錢全部還回。隔壁的房間只剩下衣架上滿是灰塵的花環。安娜他們逃走了！他幼稚的心思，反而威脅到安娜。他從花環上摘下一朵人造菊花放進錢包裡，趕緊到N館。電影的片子更換了。安娜他們的名字不在節目表上。

勞佛斯基兄弟被革命驅逐，是漂泊的俄國貴族孤兒，在放映電影的N館，電影放映的中間休息時間，十三歲的安娜彈鋼琴，九歲的伊斯拉耶爾奏大提琴，七歲的但尼耶爾唱俄國的搖籃曲。

他回到住宿處，對妹妹說：

「之前的錢包找回來了。我到淺草的警察局去，說是可憐的俄國少女撿到送來的。」

「太好了。你有謝謝那孩子？」

「那是流浪的女孩，不知到哪裡去了？——我認定錢包沒了，已經死心。現在就當紀念那孩子買些什麼俄國的東西吧。」

「由於鬧革命，俄國的東西什麼也沒進來！來的只有毛絨。」

「總之，對我們來說是奢侈的，買可以放很久的東西吧！」

他到那家百貨店買了朱色皮革的化妝箱給妹妹。三、四年後，妹妹蜜月旅行時也可以帶著那個化妝箱去。

銀座三月的夜晚，像不良少年的一群人佔滿街道而來。他往行道樹旁讓路，看到那群人的後邊有像蠟人的白色美少年，穿著褪色的久留米碎白花布、舊黑色釣鐘帽子蓋住大部分眼睛、一角破了的學生斗篷、穿著厚朴木齒木屐的腳漂亮到想咬它一口——擦身而過的他，是女人嗎？

「啊，是安娜，安娜！」

「不是安娜，是日本人呀。」少年明白地說，像風一樣消失了。

「不是安娜，是日本人呀。」他嘟囔著，突然手伸進西裝的內口袋。錢包果然沒了。

媽媽的眼睛

山中的溫泉飯店。飯店裡三歲的小孩，表情可怕，搖搖晃晃跑進我的房間。迅速搶走桌上的銀軸鉛筆，什麼也沒說，逃走了——過了一會兒，女服務生來了。

「這鉛筆是您的吧？」

「是我的。剛剛給了飯店的小孩了。」

「可是，是保姆拿著的。」

「小孩拿走就算了呀！大概是被沒收了吧？」

女服務生笑了，仔細問才知道，鉛筆是從保姆的行李底層跑出來的。她的行李塞滿偷來的東西。有客人的名片盒、老闆娘的長襯衫、女服務生的梳子、髮飾，還有五、六張紙幣。

大約半個月後，女服務生又來了。

「我從沒碰過這麼懊惱的事！被那個小女生耍得多沒面子……」

那之後，保姆的偷竊病似乎越來越嚴重，她在村裡的綢緞莊連續用現金購買過於豪華的和服。布店偷偷向飯店打小報告，女服務生接到老闆娘吩咐，準備調查保姆。

「既然這麼說，那我到老闆娘那裡把原委說清楚啦！」保姆憤然站起來。

「妳們的口氣，像是我必須向妳們女服務生之流招供似的！」

依女服務生的說法，保姆坐在老闆娘面前，天真似地有時歪著頭，一一想起偷來的東西，一五一十報告了。金錢方面，櫃台的加上客人的，大約偷了一百五十圓。

「我為自己做了三、四件短外褂跟和服，剩下的讓母親搭車子到醫院看病。」

掌櫃的把她送回老家，聽說她雙親也沒有特別斥責。

美麗的保姆不在了，不久我也要回去了。汽車掠過綠樹疾駛而來，馬車讓到路邊。汽車精準停在馬車的腹部，穿著華麗的保姆下了車，向馬車跑過來，發出喜悅的叫聲。

「哎呀！好高興。碰到您了，我和媽媽要去看鎮上的醫生，媽媽好可憐，一隻眼睛快瞎了。搭我的車子去，我送您到車站，走吧！」

我跳下馬車。保姆的臉上充滿喜悅。

從車子的窗戶，看得到母親遮住眼睛的繃帶白白的。

水

從內地嫁過來沒多久，丈夫轉任到興安嶺的觀象所。最讓妻子感到驚訝的是，買汽油罐容量大小的水就要花費七錢。汙濁的水，想到用它來洗米，就不舒服。半年間，白色墊布和內衣都變黃了。加上一進入十二月，似乎連井底都結凍了。苦力不知從哪裡搬來冰塊，花費很長時間才融化燒成洗澡水。現在已不是談論奢侈的時候，重要的是連凍僵的身體的骨頭都感到溫暖的可貴。想起在故鄉拿著純白的毛巾，水浸到肩部，在熱水裡手腳看來都漂亮的故鄉之浴，像是遙遠的夢。

「抱歉，您家如果還有水剩下的話，請給我……」隔壁的太太提著小水壺來。「剛擦了好久沒擦的鍋子，竟然把水都用光了。」

已沒有剩下的水，只能分一點沖茶用的水給她。

「春天早點到來，可以盡興地洗洗刷刷呀！水，可以大量讓它流，心情多好哪！」隔壁太太說。水多而清冽的母國的女性如此希望。等待雪融的水還早。盥洗的水流走，很快被泥土吸收。蒲公英的嫩芽從土中先長出來。

讓隔壁的太太洗澡，往北邊國境開的火車越過河谷上來了。是廣播的時間，聽南方的戰況。

「好寬大呀！」隔壁太太在澡間溫暖地說。丈夫工作的興安嶺氣象連接著南洋的天空，這是今日的日本。

到官舍外頭一看，霧冰從落葉松的細枝啪啦啪啦落下，像櫻花飄落。湛藍的天空，讓人想起母國的海，年輕的妻子抬起頭。

白馬

枹樹葉中，有銀色的太陽。

突然抬頭的野口，在光線的眩耀下，眨一下眼睛，再看一次。光不是直接照射眼睛，光是在繁葉之中。

以枹樹而言，樹幹應該沒有這麼粗，也不會長這麼高。其它枹樹以有這樣感覺的大樹為中心，群立，遮住夕陽。枯枝也沒有裁剪。夏天的西日往枹樹群的前方傾斜，下沉。

樹葉繁茂，從這邊看，連太陽的樣子都看不見，太陽在繁葉裡散發光線。野口是這麼看的。由於是一千公尺的高原，樹葉的綠，像西洋樹葉那麼明亮。受到夕陽照射，枹樹葉成了淡綠色的透明。也有微風吹拂，光線漣漪閃耀的時候。

今天傍晚，枹樹葉靜靜地，繁葉中的光線也是靜靜的。

「嗯？」野口出聲。因為察覺到微暗的天空顏色。天空的顏色，不像是太陽還在高枹樹群裡頭的顏色，像是太陽已經下沉的顏色。枹樹葉中銀光閃耀，是因為夕陽照射到浮在樹群前方的小塊白雲而閃耀的。樹群左邊的遠山山坡，呈淡藍色暗沉了下來。

留在枹樹群中的銀光很快消失了。樹葉互相交疊形成的綠，變黑了。白色的馬從樹群的樹梢躍出，劃過灰色天空。

「啊！」口中雖然這麼嘆，卻不覺得那麼驚訝。對野口來說這不是那麼稀奇的幻影。

「果然是騎著馬，沒錯，是黑色衣服。」

女人騎著白馬，她的黑色衣服，在後邊翻飛，長長的。不，黑布長到馬翹起的尾巴，接在黑衣之後，跟黑衣像是不同的東西。

「那是什麼呢？」野口想著的瞬間，空中的幻影消失了。馬，白色馬蹄步伐的運行深印心裡。姿勢像賽馬，但是步伐緩慢。幻影中，只有腳在動。牠的蹄尖銳。「後邊的黑布是什麼呢？那不是布嗎？」野口因此感到不安。

野口念小學高年級時，在夾竹桃的樹籬，花兒盛開的庭院裡，和妙子畫著各種畫玩著。有畫馬的。妙子畫在空中飛的馬，所以野口也畫了。

「我畫的是腳踢山脈，讓神泉噴出的馬！」妙子說。

「牠沒翅膀不是嗎？」野口說。野口畫的馬有翅膀。

「不需要翅膀呀！」妙子回答。

「腳爪尖銳的。」

「那是誰騎的？」

「妙子呀，騎的是妙子呀！穿著桃色衣服，騎著白馬呀。」

「哦，妙子騎著的是腳踢山脈，讓神泉噴出的馬嗎？」

「是的。野口的馬有翅膀，可是沒有人騎不是嗎？」

「我懂了！」野口趕緊畫男子騎在馬上。妙子在旁邊看著。

二人只是這樣。野口結婚的對象不是妙子，是另外的女人，生了孩子，年紀大了，把這事也給忘了。

睡不著的深夜，突然想起這件事。兒子大學入學考試落榜，每晚念書到深夜二、三點，野口掛心睡不著。連續睡不著的夜晚，野口碰到人生的寂寞。兒子明年還有希望，晚上也不睡。可是，父親躺在床上，睡不著。不是因為兒子，是感到自己的寂寞。被寂寞逮住了，它就不放手，紮根到野口的心裡深處。

野口費盡心思希望能睡著。他想著一些幻想，還有回憶。有一晚，突然想起妙子的白馬畫。那張畫已經記不清楚了。黑暗中閉著眼睛的野口，腦海裡浮現的不是孩童時的畫，而是白馬在空中飛翔的幻影。

「啊，那是妙子騎著馬，穿著桃色的衣服。」

在空中飛翔的白馬的樣子，很清楚，可是騎在馬上的人，無論形狀、膚色都很模糊。似乎也不是女孩子。

然而，隨著白馬幻影在天空飛翔的速度漸慢，往遠處消失，野口也落入深深的睡眠。

那一夜之後，野口藉著白馬的幻影入睡了。不容易入睡，有時也成了野口的習慣。每次痛苦或煩惱時，睡不著就成了習慣。

野口不易睡著的夜晚，靠著白馬的幻影得以解救，不知過了幾年？那幻影的白馬仍舊姿態活生生的鮮明；可是騎著馬的人，總覺得是黑衣女子。那黑衣女子的姿態，隨著歲月增長，年紀大，也衰老了，樣子似乎越來越奇怪。

——不是在床上閉著眼睛，而是坐在椅子上，是醒著的時候，野口今天第一次看到白馬的幻影。第一次看到幻影的黑衣女子的後邊，有長得像黑色布條的長東西翻飛。說是翻飛，其實是有點厚，而又沉重的黑色東西。

「那是什麼呢？」

天，是還沒有完全黑的灰色天空，野口繼續望著白馬幻影已消失的天空。

他跟妙子已經四十年未見，也不知行蹤。

妹妹的衣服

這陣子，姐姐常穿著妹妹的衣服。夜晚也常走妹妹和未婚夫散步的公園。從春天到秋天的晚上，幾十組、或者幾百組戀人手牽著手走的、亮光少、樹陰多的公園。

她們的家在公園的後面。

姐姐常叫妹妹送未婚夫到公園前面的停車場。

然而，現在姐姐幫妹妹到公園前的醫生那兒拿藥。

這陣子妹妹穿的衣服，都是姐姐幫忙準備的。

「姐姐老是買比自己打扮更樸素的衣服給我！」妹妹有時候抱怨。

「我不想讓你像我一樣，穿著過於華麗的衣服過日子，我是這麼辛苦！」

「所以你是說，你都沒玩樂盡是工作，不是嗎？」

「外出服和家居服沒有區別的日子是怎麼樣，你看我就知道了。」

「感覺這樣比整天玩樂更好呀！」

姐姐常換工作，藝妓、電影女優、舞廳的舞女，現在在淺草的輕歌舞劇小屋跳新舞蹈。她要那小屋的年輕經理買房子，因此，只要興趣來時上舞台就行了。她把鄉下的妹妹叫過來，是在她進入攝影所不久之後。她這輩子做不到，認為這世上最幸福的，就是美滿的婚姻，因此要在妹妹身上實現。

妹妹的丈夫也是姐姐選的，妹妹的嫁妝也是姐姐準備的，她在妹妹身上看到夢中的自己。姐姐為了另一個自己——妹妹的婚禮拚命工作的這兩、三年，是多麼快樂啊？

「說到人，妹妹可以說只看到我一個人，真的是不懂世事。」姐姐對妹妹的未婚夫笑著說，眼淚都快流出來。似乎陶醉在從自己嘴裡說出的、如此安慰的幸福。

就像姐姐買給妹妹的衣服，姐姐挑選的妹夫也是平凡男子。

姐姐心想，一生未經歷過風浪的妹妹，不可能了解姐姐的苦心。妹妹對男人的大膽措辭，使她感到驚訝。妹妹的老實話比姐姐的粗魯話，更為大膽。妹妹說話越來越髒，並開始對她的男人亂發脾氣。

妹妹結婚後，就向姐姐抱怨對平凡丈夫的不滿。

「可以對我，對這個我，毫不保留說那麼過分的話，妳是幸福的。」姐姐低著頭咬著手指頭。

妹妹一生病了，就趕緊回到姐姐家。似乎樂在把疾病當離婚的藉口。妹妹不知道脊髓病是離死不遠的暗示。姐姐知道後，這下把妹妹當作自己的孩子。

妹妹衣服下穿著像擊劍胴體那樣、支撐從腰到胸、乳房部位中空的緊身胸衣，看來像孕婦。隨著秋天深濃，手變冷。身體衰弱，臉頰反而變紅，眼睛大而濕，比姐姐畫更濃的妝，竟然美得令人作嘔。

不久緊身胸衣晒在向陽的屋椽，又過了不久像妹妹睡覺時那樣，被扔在庭院的角落，妹妹無法起身了。下雪了，緊身胸衣也變白了。挖空胸部的兩個小窗，麻雀停在像是窺視妹妹乳房的圓形小窗上，像下雪的早上那樣搖頭。像是悲痛的童話。

姐姐叫醒妹夫，想讓他看那情狀。她想說的是：像妹妹那樣生命力很快消失而去的女人之死，不正是活生生的悲痛嗎？

妹夫在妻子站不起來之後，睡在姐姐家，到公司上班。妹妹在病床上回歸童心，同時只依戀丈夫一個人。妹妹任性的轉變，悲痛映照在姐姐眼中；看來妹妹與妹夫為了愛甚至連死亡都忘了。

妹妹像白痴的暴君不讓丈夫離開床邊片刻。

「不要去洗澡！」

「不要看報紙！」忍受不了半夜獨自醒來的寂寞，妹妹用紅色腰帶把自己和丈夫的手綁在一起，手一拉把隔壁床鋪的丈夫吵醒好幾次。

「真的是盡心盡力照顧呀！」到這種程度，姐姐也不能忌妒，自我確認的同時說，「實在可憐，再忍耐一陣子吧！」

妹夫從公司回來時，看到出來玄關迎接的姐姐，有時不免呆立。看到那樣子，姐姐也心裡一悸，但是二人都默然。妹夫把姐姐看成妹妹。

妹妹回姐姐家睡之後，姐姐大都穿著妹妹的衣服。

姐姐繼續過著季節性正式服裝只有三、四件的日子。兩、三年前為妹妹買來作嫁妝的衣服，對現在的姐姐來說過於樸素。姐姐看起來年輕，讓人感覺姐妹倆只差一歲，極為相似。生病逐漸衰弱的妹妹與其說是人，其實更像雪中的緊身胸衣或者枯萎植物的花。而姐姐不像現在的她，也不像生病前的妹妹，可是兩者都像。姐姐對著鏡子，看到妹妹的姿態。不只是穿著妹妹的衣服，她不知不覺中紮著跟妹妹健康時同樣的髮結。

夜晚，姐姐為了去拿妹妹的藥，時常走在妹妹與妹夫婚前散步的公園路上，她就是這樣的姐姐。這陣子她隱約感覺自己越來越像妹妹，她來回走那條道路。

公園開始出現雙雙對對的戀人，同時宣告春天到來的某個夜晚，為了告訴醫生，妹妹併發腹膜炎可能幾個小時之後就會死，姐姐又穿著妹妹的衣服，在那條路上疾行。似乎是圖書館關門的時間，她記得穿過那些人群，然而，沒察覺到追她而來的腳步聲。

「琴子小姐！」冷不防被叫妹妹的名字，她回過頭。

「啊，果然是琴子小姐！」陌生男子站在姐姐肩旁。

「我不是，琴子……」

「妳是說我忘記妳的名字？」

「琴子在家裡，現在快死了。」

姐姐和男子都喘不上氣來。

「又來了！妳之前也說過，把琴子當成已死的人。為了對姐姐的情義，以赴死的心情出嫁。」

聽到這句話，姐姐反而平靜。妹妹有了戀人？姐姐想看暗夜中眼前的男子的臉。

妹妹死亡之夜，被妹妹的戀人錯認，多麼不可思議呀！

「妳說：當成我已經死了，像這樣子……」男子用力抱姐姐的肩膀。

「像這樣子活著的不是嗎？」用力搖晃。姐姐踉蹌，不意說出：

「對不起！」其實是對妹妹的道歉。妹妹對姐姐隱瞞戀人，跟姐姐選定的男子結婚？當了姐姐的人偶？姐姐忘了，在男人手腕裡的身體力量放鬆了。

男子抱起快要倒向他胸前的女人。

姐姐突然想到，妹妹的戀人現在還愛戀著妹妹嗎？化為妹妹的心了解男子，想對即將死去的妹妹說話。不意眼淚縱橫。

「妳還是愛著我。這麼愛著。」男子抱姐姐到樹陰下。

姐姐被男人抱著，鮮明浮現像這樣子被丈夫抱著而死的妹妹。她任由男人擺佈，夢見妹妹死後和妹夫結婚。這的確是活生生的血的暴風雨！

姐姐想從妹妹身上追求自己失去的東西，由於妹妹的死亡，卻在自己身上取回來。

雪

野田三吉從正月一日傍晚到三日早上，一個人躲到東京高台的飯店，這是四、五年的習慣。飯店名稱很有氣派，三吉卻叫它是虛幻飯店。

「父親到虛幻飯店了。」兒子和女兒對來家裡賀年的客人這麼說。客人對三吉隱藏行蹤覺得有意思。

「那是很好的地方，過有意思的正月。」也有人說。

然而，三吉的家人也不知道三吉在虛幻飯店有看到幻影。

飯店的房間每年固定，是住在叫「雪」的房間。第幾號房叫雪呢？其實，只有三吉自己這麼叫。

三吉一到飯店，就關上房間的窗簾，立刻上床，閉上眼睛。這樣靜靜地躺兩、三小時。緊張又忙亂的一年的疲累與焦躁——像是想休息的姿勢；然而，焦躁沉靜下來，疲累反而湧上開始擴大。三吉明白這種情形，是等待疲累的極致。被疲累拉到深處，頭像是麻痺開始浮現幻影。

閉上眼睛，在黑暗中如栗子大小的光粒開始飛舞。那些栗子像是透明的淡金色。金色隨著白色薄光冷卻，粒子群移動的方向和速度整齊，變成粉雪。看來像是飄落遠處的粉雪。

「今年的正月也下雪了！」

三吉才這麼想著，雪已經是三吉的了，飄落到三吉的心。

三吉眼瞼中，粉雪靠過來。落下之間，粉雪變成鵝毛大雪。大塊雪片，比粉雪更慢的速度飄落。無聲，靜靜的鵝毛大雪包圍了三吉。

現在睜開眼睛也沒關係了。

三吉張開眼睛，房間的牆壁變成雪的景色。眼瞼中的雪只是飄落的雪花；牆壁上看到的是下雪景色。

廣闊的原野只有五、六棵光禿禿的樹木豎立，鵝毛大雪飄落。雪堆積，泥土和雜草都不見了。沒有房子，也沒有人。是寂寞的景色，然而，三吉在二十三、四度暖房的床上，沒有感覺到原野下雪的寒冷。只剩雪的景色，三吉自己也消失了。

「想去哪裡？想叫誰呢？」似乎只是心裡想著，而且那也不是自己，似乎委之於雪。

除了飄落的雪，原野上沒有其它會動的東西。不久，自己流逝，變成山谷的景色。一邊是高山聳立，河谷靠近山腳。小河谷的水看來像在雪中停止；水流著連漣漪都沒有，證據在於從岸上掉落的雪塊，浮在水上流著。雪塊被從岸凸出的岩根吸附，停止之間，消失了。

岩石是大塊的紫色水晶。

三吉的父親出現在水晶的岩上。父親抱著三、四歲的小三吉站著。

「爸爸，危險呀，站在那不平又尖銳的岩石上……腳底很痛吧！」五十四歲的三吉從床鋪上對雪中的父親說。

岩石頂端是水晶的尖銳凸出，像刺到腳似地林立。父親被三吉這麼一說，移動腳想站穩，岩上的雪塊突然崩潰掉落谷川，父親感到害怕，抱緊三吉。

「這麼細小的河流，也能埋葬這麼大的雪，真是不可思議呀！」父親說。父親的肩和頭，還有抱著三吉的手腕，雪飄落堆積著。

壁上的雪景移動，溯谷川而去。湖水景色開闊。雖是山裡這麼小的湖，然而對細小谷川的源頭而言很大了。白色的鵝毛雪，從這岸遠離，看來帶灰色，像是厚雲層籠罩著。對岸的山模糊。

頻頻飄落的鵝毛雪消失在水面，三吉看了一陣子，對岸的山上有東西移動，飛過灰色天空，向這邊靠近，那是鳥群。雪色的大翅膀，像是雪成了翅膀，即使在三吉面前飛舞，也沒有翅膀拍動的聲音。翅膀慢慢舒展，沒有揮舞翅膀？還是落雪讓鳥浮上來？

算一下鳥的數目，七隻、十一隻，三吉不猶疑，而是快樂。

「那是什麼鳥呢？有幾隻呢？」

「不是鳥。看來不像是乘坐在翅膀上的東西嗎？」雪鳥回答。

「哦，我了解了！」三吉說。

愛三吉的女人們乘著雪中的鳥來。哪一個女人先說呢？

夢幻雪中的三吉，可以隨意呼喚昔日愛過自己的女人們。從元旦的傍晚到三日早上，三吉在夢幻飯店的「雪」房間，關上窗簾，三餐送到房間，一直躺在床上見那些人們。

瀑布

兩個哥哥的婚姻都很怪。大哥在華嚴瀑布準備和護士殉情時，被追趕者逮住，允許他和護士結婚。二哥口中嚷著老婆好可怕，老婆好可怕，和女侍者離家出走，有一段時間被送到精神醫院；但最後和那女侍者結婚了。

弟弟直治年紀跟兩個哥哥相差很多。二哥和女侍者在一起時，還是個大學生。他認為大哥的殉情是騙局，二哥也是假發瘋，為此相當反感。

我跟直治的家有遠親關係，直治對文學有些興趣，因此進入東京的學校後，常來看我。

大哥到東京遊學時，得到肺病，可以說是失敗。二哥只念到舊制中學，就回家幫地主父親的忙。所以念到大學畢業的只有直治。

直治或許是對我著迷，寫小說，讓我看。

我對親戚想當作家感到厭煩，也覺得危險，因此不想摻和。

直治的小說，沒例外的寫自己的戀愛，但也寫了兩個哥哥的結婚事。我先從那裡挑毛病。

「你腦中認定兩個哥哥都是騙子，這是這本小說的致命傷，也是證明你沒有當作家才華的證據。」

「啥？」

直治似乎不能理解。

「可是，我只能當它是騙局。大哥說華嚴的瀑布水結冰了，所以沒跳。有這樣的事嗎？」

「有吧！」

我沒見過華嚴瀑布的水嚴寒時結冰景象，不過，想像得到年輕男女準備赴死，看到華嚴結冰時的驚訝。

「連瀑布都會結冰的寒冷時期，跑到日光[9]深處，我也覺得奇怪。」直治說。

「殉情者想死在景色漂亮的地方，所以選擇當地季節好的時期吧，沒有人在隆冬時

9 譯註：地名，華嚴瀑布所在地。

期死在華嚴瀑布的。」

「或許是這樣子……」

「再者二哥奇怪的地方也很多呀，發瘋的人，會帶著女侍者出走嗎？」

「有可能是二哥帶出去的，也有可能是女侍者自己跟去的呀！」

「所以是跟女侍者說好，裝作發瘋的不是嗎？」

「總之，你一開始就認定是騙局，小說就完了。如果停留在或許是騙局的懷疑還好。」

接著，我又說：

「既然準備寫小說，兩個哥哥是騙局？或者不是騙局，要花一輩子思考。如果不這樣子，你寫不了小說。」

直治的小說也不是沒有同情兩個哥哥的地方。兩個哥哥利用非常手段，得以和身分低下的女人結婚，是對鄉下地主封建式家族制度的反抗，是地方老舊家庭的崩潰。

然而，之後兩個人都像是被去掉骨頭似地，在鄉下老實過日。只有年輕時表現過勇氣。

我跟直治的哥哥們幾乎沒有往來，所以對兩人的人品和生活情形不清楚；是不是如直治說的那樣，光從外表不知道。

直治對兩個嫂嫂的身分和教育低下，似乎有著不滿和輕蔑。這部分雖然沒有寫得露骨，然而，寫自己的戀人和寫嫂嫂們的筆法明顯不同。再者，對於像舊式老爺的父親寄予敬意，可是，對於和父親在一起的哥哥們卻失望。

不過，直治的小說寫哥哥們的部分還好，重要的寫自己的戀愛部分，平凡。因為戀愛本身就平凡。只有在東京重複的快樂約會而已。兩人在銀座散步，或看電影，這樣的事其實最難寫。

也因為兩個哥哥事件的關係，直治的結婚是依自己的意志，父親和哥哥們都沒反對，進行順利。對方是小說中的女孩。然而，跟兩個哥哥相比較，直治的婚姻也不能說沒有怪異的地方。

夫婦之間風波不斷，會這樣或許是順理成章的婚姻關係造成的。

直治的小說不過是一時興起，學校畢業後到公司上班，之後換了兩、三家公司，算不上什麼成功。

直治的老婆習慣一吵架就回娘家。這個壞習慣到有兩個小孩，老大都上小學時也改不了，小孩丟著不管，雖然不是那麼認真，卻一再鬧離婚。

例如，老婆逃回娘家之後，直治打開衣櫥一看，老婆的衣服似乎減少了。之前也有過去娘家時帶的包袱，回來時變小。於是，直治開始檢查包袱。以為是老婆把漂亮的東西給了她妹妹，而感到不舒服。

老婆回來了，他馬上說這件事。

「我回娘家時，沒有更換的衣服呀！」老婆說。這句話，讓直治大怒，變成大吵架。老婆又回娘家了。

這次直治收拾不了，來我家商量。我勸他跟哥哥們商量，直治自己也有這樣的意思，可是沒付諸行動。

四、五天過後，直治一臉茫然來到我家。

「我去鄉下一趟回來了，小孩當然也帶去。」

「哥哥們的意見呢？」

「意見啊，不用說就知道，大哥跟我說好多話之後，叫嫂嫂過來。嫂嫂脫下足袋，讓我看腳凍傷的痕跡，說是在華嚴瀑布沒死成時凍傷的。」

「哦。」

「大哥認為因為有嫂嫂盡心盡力的看護，自己的病才好的。」

「跟你以前寫的小說很不一樣呀。」我說。

「是的。不過，大哥勸我時，卻被二哥嚇到了。二哥默默地聽我說完後，突然說，這樣的事情算得了什麼，自己的老婆還在我面前通姦呢。我驚嚇，不由得看二哥的臉，說不出話來。」

直治繼續對我說，二哥說的是真的嗎？通姦的應該是前妻，二哥因此發瘋；頭腦有點壞掉所以是幻想也說不定。那時的幻想，也就是一時的發狂，現在還隱藏在哥哥心底嗎？或者只是為了規勸直治，編出那樣的謊言？直治覺得恐怖，中斷了和二哥的對話。

直治問大哥，有關二哥太太的事。沒問前妻的部分，問有關後來再娶的女侍者，然後推測前妻通姦的真假。

大哥說，女侍者跟二哥沒有不可告人的關係，她跟到精神醫院照顧他，所以二哥是恢復正常之後跟她結婚的。

三等候車室

讓她坐在東京車站的三等候車室，這點需要稍加說明。簡言之，她選擇在那裡跟他會合。他反對，因為就她來說，她是過著與三等的火車無緣的生活不是嗎？

「一、二等是婦人的等候室，三等反而醒目，不好！」

「我？我是那麼顯眼的女人嗎？」

就這樣，他接受她的謙恭態度。

然而，盡管他跟她約好了，可是來到東京車站一看，他是無法直接走進三等候車室的男子。確認到五點還有十五分鐘，他自然來到一、二等候車室。那裡牆壁挖空的小小螢幕上，放映著介紹松島風景的片子。他想起大阪的老朋友，於是寫信給他，將信投入車站的郵筒，終於到三等候車室來了。

這裡的牆壁沒有放映的螢幕。看來三等車的客人不會去松島觀光什麼的。像是見學旅行回來的鄉下女學生，擠滿整間候車室，她們站著聊天。他躲藏似地坐在少女們的後面。眼前的長椅上放著「菅笠」[10]。

奉巡禮四國八十八處所靈場
本來無東西
千葉縣印旛郡白井村
何處有南北
南無大師遍照金剛
迷故三界城
字富塚　　川村作治
悟故十方空　　同行X人

「菅笠」的七行文字還散發著墨香。巡禮者在墨染的衣服下穿著白木棉，送行的僧

10 譯註：笠之一種，遍路行者的菅笠，又名萱笠、網代笠、遍路笠，可遮陽避雨。現代人也有以一般帽子代替的。

侶看著攤開在膝上彩色印刷的「四國遍路地圖」，巡禮者對僧侶說的話一一點頭。只是連眉毛都遮住的墨鏡，跟這老人不相稱。

老人新的「菅笠」讓他想起從前的四國之旅。與笠上「迷故三界城。悟故十方空。」的文字沒什麼關係吧！出發完成多年宿願巡禮的老人，無疑的是幸福的。然而，那跟他所想的幸福有所差距。不過，回頭一想他的祖父與祖母二人同行去過四國巡禮不是嗎？現在他幼時故鄉的回憶裡還聽得到遍路的鈴聲。

那又怎樣呢？——等待她的焦躁讓他無思考。腦中浮現的是這樣的荒唐事：

——她說依經驗知道，在三等候車室，比在一、二等候車室反而不顯眼，那麼她是幽會的老手？

——她把在一、二等候車室，與第三等候車室相會的男子分開，現在正偷笑男子們不是嗎？

他覺得現在她正跟一、二等候車室的男子相會，他到一、二等候車室去偷瞄。蜂擁、吵嚷的群眾將茫然回來的他幾乎推倒。

那個巡禮者與僧侶被刑警拖走了。

他在東京車站等候很久後回家，她寄來這樣的信。

你認為我是搭一、二等火車的女人。那不是因為你的緣故，我這樣做是因為平常的困苦造成的選擇。昨天我不小心說在三等候車室等候，終於現出原形哪！因此我在家裡深思。把我當成是搭一、二等火車女人的男子，我已經厭煩了。

她讓她自己看來卑下，或許其實是嘲笑他。反正他因此會有相當的時間過著跟三等候車室沒關係的生活吧！因此，三等候車室藉著那個巡禮者與僧侶，讓他心中繼續保持浪漫的印象。

不過，他再怎麼都不相信那個巡禮者是犯人的變裝，跟他不相信她是搭三等火車的女人一樣。

女人

城下町的禪僧，頭像葫蘆，他對進來寺院山門的武士說：

「途中看到火災了吧？」

「女的哭得死去活來。說丈夫被燒死了，哭得不成人兒。看著讓人傷心！」

「哈哈哈哈！那哭聲是假的。」

「你說什麼？」

「那是假哭，那個女人因為丈夫死了正高興著，或許還有情夫。勸丈夫酒讓他醉倒，和情夫一起用鐵釘敲丈夫的頭，將他殺死了，或許也放火燒家！」

「有這樣的傳聞？」

「我不知道傳聞，是根據哭聲。」

「哭聲？」

「人，有跟佛一樣的耳朵。」

「嗯，若是真的，是個可惡的女人！」

年輕武士怒髮衝冠，奔出山門而去。

不久臉色蒼白回來了。

「和尚！」

「怎麼了？」

「一刀兩斷，將她斬首了！」

「哈哈哈哈！這樣啊。」

「是的，可是看到刀光一閃的同時，我懷疑起和尚的話。女人抱住被燒焦的屍體，哭得聲嘶力竭，還對我雙手合十道謝，說：『請殺了我吧，讓我追隨丈夫去，謝謝！』微笑而死。」

「有這樣的事，正常呀。」

「你說什麼呢？」

「我經過時是假哭，你經過時是真哭。」

「出家人，竟然也欺騙人。」

「因為你沒有跟佛同樣的耳朵。」

「玷汙了武士的刀，刀的汙穢怎麼辦？」

「弄乾淨了前進吧，把刀拔出來！」

「砍掉葫蘆頭嗎？」

「那又會弄髒了。」

「那麼……」

「先遞給我！」

和尚接過白刃。

「喝！」

使勁往墓場的石碑扔，鏗地刺進其中一個石塔。紅色的血從石頭上滴滴答答流下來。

「喔喔！」

「是被殺的男子的血嗎？」

「是被殺的女子的血。」

「什麼！你想使用妖術戲弄我？」

「不是妖術。那是家被火燒了的代代祖先的石塔。」

武士身體開始顫抖。

「和尚！那把刀是我家祖先代代相傳的名刀……」

「拔出來不就得了嗎？」

武士手握住刀用力一拔，石塔倒下的當兒，刀也應聲斷了。石塔連一絲傷痕也沒有，青苔覆蓋著光滑的石頭。

「哎呀，真是不可思議啊！」

武士坐倒在地，茫然注視著折斷的刀之間，和尚快步往本堂而去。

「已經是修行的時刻了！」

撿骨

河谷有二座池子。

下邊的池子像熔化水銀似地閃光，而上邊的池子靜靜倒映山影，死寂般的綠，很深。

我的臉濕黏黏的，回過頭一看，用腳撥開草叢和細竹，有血滴掉落。那血滴似乎會動。

又一波熱熱的鼻血衝出來。我趕緊用三尺腰帶塞住鼻子，仰臥。

日光雖不是直射，但接受陽光的綠色裡面，耀眼。在鼻孔中間停止的血逆流。呼吸時癢癢的。

秋蟬嘶嘶滿山鳴；突然，受到驚嚇似的，蛁蟟開始叫了。

即使一根針掉落，會有什麼東西潰散似的、七月的正午前。我似乎連動都不能動。

躺著任由汗滲出，於是蟬的喧嚷、綠的壓迫、泥土的溫氣、心臟的鼓動等，都凝結成腦中的焦點。以為凝結，卻砰地發散了。

接著我像被吸到空中。

「少爺！少爺！哦，少爺！」

來自墓場的呼叫聲，我遽然站起來。

葬禮翌日的午前，來撿祖父的遺骨，攪弄還熱熱的遺灰時，鼻血滴答滴答流出來，我不想讓人察覺，趕快用袋子的尖端壓著鼻子，從焚化場上到小山上來。

有人叫我，趕緊衝下去。像銀般發光的池子傾搖、消失了。我用去年的枯葉滑下去。

「真的是無憂無慮的少爺呀，跑到哪裡去了？現在，您祖父的佛要上身，看這個！」家中常客的老太婆說。

我從竹叢裡下來。

「是嘛，哪裡呢？」

我邊在意流大量鼻血之後的臉色，和濕濕的帶子，靠近老太婆旁邊。

掌上的白紙像是揉過的包裝紙，幾個人的眼光集中在紙上的些許石灰質。

像喉結，我勉強這麼認為，也覺得形狀像人。

「剛剛終於找到了呀，您祖父也成了這個樣子，放進骨灰盒吧。」

多無聊的事——我想像祖父的盲眼充滿喜悅，非常歡迎我回去時開門的聲音。未見過的高齡婦人，穿著黑皺紗站著，我覺得不可思議。

旁邊的骨甕胡亂塞著腳和手和頭骨。

既沒有圍起來也沒有遮蓋，只挖個細長的洞的火化場。

燒過的火屑溫度還是很高。

「走吧，到墓地去。這裡滿是臭味，陽光黃黃的。」

我頭有些暈眩，還有擔心快流出來的鼻血。

回過頭，出來的男子抱著骨甕過來。火化場裡殘餘的灰燼、昨天燒香後弔唁客坐的草蓆，還是原來樣子。貼著銀紙的竹子依然豎立。

昨夜，在整夜做法事時祖父也成了藍色鬼火，從神社的屋頂飛起來，飛過醫院的房間，在村子的天空留下難聞的臭味而去。往墓地的路上，我想起這樣的傳言。

我家的墳墓跟村子的墳墓不在同一地方。火化場在村墳墓的角落。

來到石塔並列的我家墳墓。

我放開心胸。躺下翻滾，想呼吸藍空。

從山谷汲水來，把大桶水壺放在那裡。

「老爺的遺言，想埋在最早祖先的石塔下面。」

常見的老太婆很正經地說。

老太婆和她的兩個兒子趕過其他百姓，推倒最高地方、最老的石塔，往下方掘土。

似乎是相當深的洞，骨甕發出深深掉下的聲音。

死後，將那石灰質放進祖先的遺跡，死，就什麼也沒有了。生，也就被忘卻。

石塔如原先豎立著。

「少爺，道別吧！」

老太婆往小石塔拍拍澆水。

香燃出煙，然而在強烈陽光下，煙沒影子。花，枯萎。

大家瞑目合掌。

我看著大家黃色的臉，腦中又閃過：

祖父的生——死。

我拿著小的骨甕，右手像裝了彈簧似地用力搖，發出鏘鏘的撞擊響聲。

老爺是可憐的人，為了家奉獻的老爺，村民忘不了的老爺，回程盡是祖父的話題。

省省吧，悲傷的只有我一人。

留在家裡的傢伙，對祖父逝世只剩我一人往後怎麼辦？同情之中似乎帶著好奇心。

砰地，一顆桃子掉落，滾到腳邊。從墓地的回程，繞道到桃山的山腳。

這是我虛歲十六歲時發生的事，十八歲時（大正五年，一九一六）寫的文章。現在，將文章稍加整理抄寫看看。對於五十一歲抄寫十八歲時的東西，有些興趣。至少還活著。祖父的死是五月二十四日。然而，「撿骨」是七月。看來是有一些渲染成分。新潮社發行的「文章日記」裡有寫，但是中間的一張稿紙破損。在「燒過的火屑溫度還很高」和「走吧！到墓地去……」之間，日記本的二頁脫落了。不過，依有脫落的照樣抄寫。

這篇「撿骨」之前有「回故鄉」的文章。與祖父一起的村子稱呼「你」，是從中學寄宿寄來的書信體；幼稚而感傷。從「回故鄉」連接「撿骨」的部分，抄寫一下。

……那麼信誓旦旦向你發誓的我，前些日子在叔父家，我同意賣掉房子。再者，前陣子你看到我從倉房拿出長方形衣箱和衣櫥遞給商人吧。

我離開你之後，我的家成了貧窮外鄉人的住宿。聽說他的妻子患風濕病死後，被當成關鄰居狂人的牢房。

倉房的東西不知何時被盜走，墓山從旁逐漸被削去，劃入鄰接的桃山領域，祖父三年忌也接近了，然而，佛壇的牌位滾落在地任由老鼠撒尿。

書信

秋爽季節，想必貴體日益康泰。

這陣子從因為妻子的死亡而自我封閉的日子脫離了，活在廣闊的天地，開始與亡妻緊密遊戲。請放心！

我代替亡妻，親近她的家人，對稱呼亡妻為「阿姨」的姪子之多感到訝異。從這些姪子們，看到活著的亡妻。這些女孩當中素質較好的二人，我想讓她們學習亡妻想做卻做不了的琴藝與國文學研究，於是我跟她們商量，父母和女孩都相當振奮，因此我準備開始教育這兩個女孩。亡妻有段時間會在這兩個女孩身上玩遊戲吧。

繼承亡妻喜歡音樂的女孩，拜託久米女士，收她為歌謠的弟子。師傅特別栽培，入門四、五個月，就讓她登上舞台。幸好她有些琴的底子。不過，這般大力提攜，也是因為師傅認為這女孩素質好，而女孩本身既健康又開朗，因此，大概可以達到有才幹的程度，至於是否能從有才幹脫胎成為天才呢？雖說最後會是個大試煉，總之，亡妻無法達成的願望，從現實裡已經可以看到一些成果了。看她使用亡妻遺留的象牙琴柱，彈「勸進帳[11]」時，我流淚了。

而準備讓她研究國文學的姪女，則讓她入慶應大學的國文科。她之前作和歌，所作的和歌雖然格局像小道，但確有純粹的地方。這陣子她說想寫小說，這個女孩將和歌的心轉向小說，格局仍然太小，因此我提醒她：等到二十五歲，看看那時是否真正喜歡小說再作決定。

不久之前，到亡妻墓前掃墓的回程，像是我與亡妻早就費心找到似的，發現到理想的小姐，氣質出眾，人品好，又漂亮。聽說是十六歲。頭髮作桃山時代的髮型。剛好父母同行，獲得允許可以幫她拍照片。拜託大攝影師金田先生，到小姐的家去拍攝。照片拍出來後會給他們看。亡妻與我在心中祈求要是兩家的條件談得攏，就讓她當我家的媳婦。由於是影響到兩個男女的命運，因此，不敢輕易開口。也沒跟小姐的父母親談到這件事。之後，準備默默地看著這個小姐如何長大成人。亡妻會保護這個小姐的美貌吧。

像這樣子，亡妻看起來還活著，出去遊玩，我也忙得團團轉。亡妻是現實生活著的

11 譯註：歌舞伎劇本之一。

感覺變強烈，我和亡妻一起在這些女孩身上活動起來。我想去會面從富山縣來弔唁亡妻的禪僧，下個月初，欣賞紅葉順道去。這個年輕僧人一接到亡妻長眠的通知，馬上從富山的鄉下一路哭著來，到寒舍和墓地，又哭著回去。真的是哭得死去活來。他說亡妻的墓地種沈丁花當籬笆，他也要在寺的庭院種沈丁花，緬懷亡妻。其實，墓地的籬笆種的是莽草。於是，為了跟那邊相對應，這邊的墓地種了沈丁花。

墓地對我和亡妻而言，不過是會合的地方。一起去，一起回來。這陣子，無論生與死，都不是稜角固定的形狀，無論具體與抽象、現在與過去或未來，感覺沒有明顯的界線。生與死無縫接軌亡妻生命的恩愛，現在還報答在愚笨的我身上。

承蒙多年的交情，讓我談談藉著亡妻關係，而跟我結緣的女孩子們的故事。請諒解！

阿信土地公

山溫泉旅館的後院有大的栗樹。阿信土地公就在栗樹下。

依名勝介紹，阿信是明治五年，六十三歲死的。二十四歲時，丈夫逝世，之後一輩子守寡。亦即，村中年輕人沒有一個不接近她的。阿信對於山裡的年輕人一概平等接受。年輕人彼此之間建立秩序分享阿信。少年到了一定的年齡，村裡的年輕人就將他加入共享阿信的團體。年輕人有了老婆就被那個團體除名。由於阿信，山裡的年輕人不必越過七里的山頂到港口找女人，山裡的姑娘純潔，妻子也貞潔。像這山谷間所有男人過山谷的吊橋進入自己村子那樣，這村子的所有男人都踩過阿信變成大人。

他覺得這個傳說很美。對阿信感到憧憬。不過，阿信土地公並未傳達阿信的面容。眼鼻也不明顯的和尚頭，說不定是誰在墓地撿拾的倒下的舊土地公？

栗樹前方有賣春的旅館。躡手躡腳到那裡和溫泉旅館的浴客，經過栗樹樹下時，都會摸一下阿信的和尚頭。

夏天，某日三、四個客人一起來取冰水。他喝了一口馬上吐出來皺著眉頭。

「不好喝嗎？」旅館的女侍者說。

他指著栗樹的前方。

「從那家取的吧？」

「是的。」

「跟那裡的女人買的吧？髒！」

「那樣子啊，可是，是老闆娘給的呀！我去拿的時候看到的。」

「可是杯子和湯匙有洗嗎？」

他把杯子丟下，吐口痰。

去看瀑布的回程他叫住共乘馬車。搭上的同時他拘謹起來，因為有少見的漂亮小姐一起搭乘。這個女孩越看越覺得有女人味道。無疑色情場所的情慾，從三歲開始就滲入這女孩的身體，連肌膚都濡濕了。圓潤的身體無論哪裡都沒有著力點，腳底也沒有厚皮。有著大大黑眼睛的平滑臉上，顯現出不知疲累的清新放心感。光看臉頰就知道腳的顏色，全身皮膚光滑，讓人興起想赤腳踐踏的慾望。她是沒有良心的柔軟床鋪。這個女人是為了讓男人忘卻習俗良心而生的吧。

感受到女孩膝蓋的溫暖，他移開眼睛看浮在谷間遙遠的富士山，然後看女孩。看富士山，再看女孩。接著感受到久違的色情之美。

由鄉下老太婆帶著的女孩也下馬車了，過吊橋，下河谷，進入栗樹前方的旅館。他驚訝，不過，從這女孩的命運感到美麗的滿足。

「這個女孩無論會過多少男人也不會疲累、不會變粗糙吧！這與生俱來的賣笑婦，不會像世上眾多賣笑婦那樣眼睛變濁，肌膚變粗糙，頭和胸和腰的形狀都變了的。」

他因找到聖者的喜悅而含淚。覺得看到阿信的背影。

秋天，等不及狩獵的季節到來，他又來到這山裡。

旅館的人到後院。廚房的男子拿著木塊投向栗樹樹梢。著色的栗子帶殼掉下。女人們撿起剝皮。

「好，看我的本事，試一槍！」

他從槍袋拿出獵槍瞄準樹梢。帶殼栗子在河谷回聲之前就掉下來。女人們大喊。溫泉旅館的獵犬聽到槍聲跑了出來。

他突然看到栗樹前方，那個女孩走過來。肌理細而美，下沉的青白皮膚，走過來。他回過頭看旁邊的女侍者。

「那個人生病一直躺著呢。」

他感到對色情產生了疼痛的幻滅。對某種東西感到憤怒，接著扣下板機。衝破山秋的聲音，而後是帶殼栗子的雨。

獵犬吠一聲衝近驚嚇的獵物，低下頭伸出前腳，輕輕踢著栗子，又叫一聲嚇獵物。

「即使是狗，栗子也會痛呀。」

女人們哄然大笑。他覺得秋天的天空很高，又打了一槍。

褐色的秋雨一滴，栗子掉到阿信土地公的和尚頭正中央。栗子散開，女人們笑得東倒西歪，大聲叫喊。

士族

在六月樹林搖曳的林梢，洩入過午的寂靜之中，他聽著女湯傳來女人喧鬧聲。胸前各自抱著像青蛙的嬰兒彼此見面。

「這個孩子呀，太太，不喜歡小的玩具呢。現在才剛學會走路，先生說，不搬到更大的房子可不行喲。」

「少爺，了不起呀，把家當作玩具，像天狗，要成為比梁川庄八更強的豪傑。」

「可是，太太，現在是學問的世界……」

「耶，你說得是，真不可思議，這個孩子喜歡報紙和繪本呢，只要給他報紙和繪本兩樣東西，就一直乖乖地看著。」

「哎呀，真動人。太太，這孩子報紙什麼的馬上就吃下去。繪本也是撕破，吃了，不管什麼都拿到嘴裡，真傷腦筋。」

「這個孩子啊，是完全不會把東西放進嘴裡的。」

「哇，好漂亮，看來是相當不喜歡吃東西呢。」

因此，女人們看來雖親近，但絕不融洽，她們發出高亢的笑聲。

他出湯池時瞄一眼女湯。脫衣場的鏡子裡，像死章魚的乳房和像乳房的嬰兒頭大幅度搖晃著。

梅雨放晴間，堆積在濕路旁的砂子乾了。沙堆上的少女看到他，將膝上的畫板飛快拿到胸前。

「我是那裡的畫家。」他指著畫坊對旁邊的少女們小聲說，臉頰上顯現畫家的傲氣。他被少女的媚態吸引，窺視她們的胸部。那是眼前稻草屋頂的水彩畫。比起畫稻草屋的材料，他更想看的是寬鬆夏服之中的胸部顏色。沒穿襪子的腳在沙子上像花莖那樣筆直。

「畫是要給畫家看的哦。」他手放在畫板上，突然從胸部滑過，那一瞬間少女尖叫。

「媽媽！」

我嚇一跳，回過頭，剛才抱著嬰兒的女人站在前方的家門口。少女喊了媽媽，頭也沒回，像束白花慌張往他的胸口擺放似地站起來，瞄他手中水彩畫的同時從沙堆上倒了過來。母親消失在家裡。其他的少女們也站起來期待他對畫的批評。

「那裡是妳的家？」

「是的。」

「妳的弟弟是全世界最年輕的報紙讀者呢。」

少女像燕子般歪著頭。他溫柔地笑著說出第二道諷刺。

「妳家是士族吧?很了不起。」

他往返錢湯途中抬頭看少女家少見的門牌,不知何時已成了習慣。「伊達藩士族・沖山兼武」——一想到東京郊外簡陋的租屋,到現在還特別掛著「伊達藩士族」的門牌,他忍不住苦笑。聽到伊達藩,他腦中浮現的是,只有在鄉下溫泉為了打發時間看的《梁川庄八》的活動寫真。因此。

「要成為比梁川庄八更厲害的豪傑呀。」知道在溫泉裡說這話的女人是伊達藩士族的太太時,他覺得可笑到想拍膝蓋。他的眼前鮮明浮現從嬰兒看報紙和繪本,到自稱是士族的家的生活。然而,士族的太太或許對自己的丈夫的藩,說不定只知道講談裡出現的《梁川庄八》豪傑的名字。而這穿著舒暢洋裝的女孩,是從「伊達藩士族」門牌的家像燕子一樣輕輕飛出來不是嗎?燕子不懂得諷刺。

「顏色不錯,不過線條要更活潑。像士族那樣的畫是不行的。」

他想說的是——例如像妳的腳連大腿都露出來。少女對他的第三道諷刺也像白花一樣地笑。

「喜歡畫畫的話，到我家來，有好多畫本給妳看。」

「現在去可以嗎？」

他點頭，少女的臉頰出現嚴肅的表情，怯怯地跟著來。哈，哈，哈。他為了掩飾苦笑，吹著輕快的口哨，看著自己的腳走路。他終於察覺到這個女孩果然還是士族。召集髒髒的少女們畫水彩畫，向畫家的他諂媚，叫住母親看畫，留下少女們，讓她一人獨自到他家來，這些不過是希望自己有士族的感覺。

他拍肩似地將手掌落在她的肩上，像要捏碎士族似地指尖用力。

「我想畫妳的肖像。」

「真的？好高興。」

「真的，今天就畫穿著白色服裝的樣子，不過妳也在許多展覽會上看過吧。人體不光著身子是畫不好的。妳也是，如果不是裸體就畫不出妳真正的美，下次裸體讓我畫？」

少女露出像新娘一樣可怕的表情點頭。他驚訝，像被針刺到。

不過，這或許也像是士族的膽識。因為在畫坊與少女二人相處時，他會感受到內心的士族道德——像吃報紙的嬰兒，他應該會從士族女孩像花莖的腳開始大口大口地吃。

焚燒門松

正月未過，熱海已經七十幾度，連續二天像初夏的日子。報紙出現「被騙開花的梅花」標題，刊載東京公園梅花綻放的照片。東京似乎很暖和。我反而感冒了。暖和的兩天後，我到外頭，惡寒侵入背部。

十三日也傍晚就上床睡覺。醒來吃過晚餐已經過了晚上十點。然後和加代下圍棋。發著燒因此對對方差勁的棋力不由得生氣。

「這麼笨，還常說要做學問。」

加代頹喪的表情，靜默下來。她沒念女校，因此，希望先做女校程度的學問。雖然棋力差，但願望被正面粉碎，也會生氣。

靜默之間心情調適了，加代說睡覺吧，已接近二點。我一進入溫泉：

「嘿，嘿！請不要說話，又來了。」她害怕得在湯中縮著身子。屋頂上有聲響。

「嘿！」

依她說的，我屏住氣息；卻好像沒什麼動靜。

「這個月底搬家！」

「啊，搬吧。」

像前陣子小偷來窺視廚房天花板的明窗，剛好在湯池上的屋頂吱吱嘎嘎走著。那樣的事要是一星期來個二、三次就受不了。之前的那個小偷不可能有勇氣來第二次，而其他的小偷也不會覬覦同一家。不過，由於之前的事，加代晚上到廚房都害怕，包括連我一到深夜耳中傳來四處的蟲鳴鳥叫聲。

自己家會來小偷來這件事，是我出生以來想像不到的；但是，這次看來我家似乎早就被覬覦了。話說「看到人就認為是小偷」，加代的感覺似乎就是這樣子。走在街上，我一看到那個小夥子的臉，笑著問：

「不是他嗎？」

那是兩、三天前要變天的夜晚，我去看電影。坐在身旁的小夥子長得像前夜的小偷。陰暗下看到的側臉，不是說感覺，實在是長得太像了。「這是什麼奇遇呢？」我感到命運的惡作劇不得不笑。燈亮了一看，他穿著中學生制服，手非常漂亮。那個小偷的手似乎沒有這麼漂亮。

總之有這樣的事；我和加代因害怕是笑不出來的。

上了二樓的床鋪，加代說：

「再晚一點吧。」睡到十點，反正我也睡不著。

「聽！那聲音，就是那聲音。來了不是嗎？」

屋頂有響聲，那是人躡手躡腳的走路聲，注意聽就聽得到。加代以為我睡著了，叫醒我。

「剛剛有人站在我枕邊呀！我的頭都麻了，動彈不得——」她說。

「喂！」過了一陣子，這次換我搖醒加代。

「喂，那聲音是什麼？咣咣咣響著。」

「那聲音我從剛才就聽到了呀。」

「鋸子在鋸玄關旁邊的格子不是嗎？」

「嗯！」

聽來是鋸木的聲音——我起來，打開附在雨窗的天窗看，庭院裡沒有人影。但看得到前方旅館後門玻璃窗中的情景；那裡鋪的木板上有三、四隻小老鼠跑著玩。以為是鋸子的聲音，其實是遠處打大鼓的聲音。

「是大鼓的聲音呀。」我回到床鋪想睡時，大鼓的聲音變得更響。似乎在整個村子亂打繞著，靠過來了。

「奇怪，是發生火災了嗎？」

「這個嘛。」

「火災的話是敲警鐘，是小偷吧。抓到小偷了，用大鼓叫醒所有人？」

似乎不是只有一、二個大鼓，在警鐘之中還聽得到群眾 one two 的叫喊聲。

「是山上發生大火？還是有暴動？東京發生大火？盜賊往熱海攻打過來了？」

聽得到夾雜在大鼓聲和喊叫聲中的槍聲。被村人包圍的盜賊開槍了？

「我去看看？」

「不要去！」

「什麼事？」

「是不是什麼祭典？好像是。」

被這麼一說，也像是扛著御輿巡街的聲音。

「即使是祭典，把全村都吵醒遊街，也很奇怪。」

「是有船隻遇難嗎？」

「可是通常也不會在夜晚。」

「是呀。」

「那是大量溫泉噴出來？」

我又起來往外瞧。右手邊的山丘有大火和濃煙升起。

「是火燒著呢。」

「那還是有船遇難呀。」

「那應該是在海岸燒的。」

來路不明的大鼓聲音卻讓我們有了精神。

「已經不害怕了吧？大家那麼早起吵吵嚷嚷的。」

「是的。」加代的聲音也愉快了。

過了一陣子，加代若無其事說：

「我們分開吧！」

「那也好呀，分開之後想做什麼？」

「我跟妹妹租房子，送妹妹上學，我念夜校，白天到哪兒工作去。可是你不每個月給我錢不行呀！」

「多少？」

「七十圓就可以。」

「可是念完女校後怎麼辦？只是女校畢業也不能做什麼呀。」

「我還想再念書。」

「念什麼？」

「念歷史與國語。」

「哦，然後當女校的老師？」

「我不喜歡！」

接著二人開始仔細計算七十圓夠不夠加代和她妹妹生活——好像是寫童話故事的心情。

「那你打算怎麼辦？」

「這個嘛，租房子吧。」

「這樣的話，廚房器具什麼的我要了。」

「那些東西送你——有錢的話就買公債。還有二千圓的獎金可拿。」

加代安詳睡著了。從海上傳來長長的氣笛聲，果然是船遇難了？大鼓的聲音還響著。

海上的天空在晨曦下已泛白了。

然而，跟加代分開租房子住，更覺得寒冷。我去旅行，回到東京，最後還是要求加代讓我住她的家。不過，沒什麼緣故，和加代分開這事兒像童話似的，就像看著被囚的鹿往山裡逃跑，我感到愉快。

她認為和男人一起生活不如一個人去念女校有意義，這種想法很有趣。她是她，她有自己的一些想法，她那樣子總讓我感到快活。

正午的陽光強烈照射到餐廳，我起來走過去。加代以洗滌衣物的姿態出來。

「聽說昨夜的大鼓是焚燒門松。」

「哦。」

「聽說街上的小孩每年都聚在一起焚燒。為了不要讓人以為是發生火災，所以打大鼓繞街。聽說是冥河河灘神的生日。從前非常盛行，這陣子學校的老師覺得吵。說是熱海每年固定的活動。」

「那很有趣呀，會幫忙燒我們家的門松嗎？」

這麼說的話是，年底孩子們說要供冥河河灘神要我們把門松捐出去。正月時他們又說要燒門松，又來拿。搞不清幹什麼，所以這次我拒絕了。

然而，我到外頭一看，玄關的門松沒了。

「喂！我們家的門松沒了呀！什麼時候拿走的？」

「到底什麼時候拿走的呀？」

不知怎的，我感到高興。

白粉與汽油

1

白粉的味道從舞台往破門而入的壁虎臉的客人撒落。

不只是味道，還有從五十個赤裸舞孃全身撒落的花粉。聚光燈投射，在光的顏色中塵埃瀰漫，的確就是白粉。

抬頭看舞台上舞孃的腰——春吉從鼻子到肺臟盡是白粉。意即，他的肺臟暴露在白粉的牆壁中，還帶有淺藍色汽油。

他是一圓計程車[12]司機的少年助手。不過，他的車子不在街上跑，因為他的車子不太好，接不到客人。所以，他經常停在有輕歌舞劇表演的電影院前。那是可容納一千兩

12 譯註：始於大正十三年，從大阪開始，大正十五年東京亦出現市內計程車費皆一圓。後來車費更動，名稱仍留下。

百名觀眾的館子。而一千兩百人之中，知道白粉味的也只有像壁虎趴在舞台下的觀眾。

「也沒有很多呀！」春吉覺得。

「也沒有很多！」——因此，這少年覺得很多就沒意思了。

2

春吉的客人是淺草的藝人，他負責接送。默片解說員、萬才師[13]、浪花曲表演者、吹笛人——都是老顧客，因此，並不依告示要一圓車資。

淺草這裡像這樣的計程車有五、六台。

舞台上，萬才師從大錢包拿出手帕給人看。不過，另一個小錢包裡，也有沒放手帕的。

「啊，對不起！」

這樣的客人也相當多。

春吉那輛車的司機是萬才迷。

「沒有放蕩女嗎？二人巡迴表演萬才。開舊福特車，在日本國內，鄉下有祭典時，

---

13 譯註：万才（まんざい），起源於平安時代的日本傳統藝能，表演搞笑和歌舞，在日本各地有不同的表演形式。

開車去表演一場，人氣大增，報紙會刊登呀！一年巡迴演出，回到公園之後，就是了不起的萬才師了。」

春吉在許多演藝館的後台當跑腿——拿小費。

還有當偵探。受藝人之託，探測其他藝人的人氣和內幕。

3

柏油路濕了，像春雨。

穿著久留米藏青色的大衣，脫下布襪，安來節的姑娘要回去了。

抱著嬰兒的女人走在大街的裡側。

追上女孩，春吉從助手席跳下來。

「駒千代小姐！搭車子代替撐傘吧！」

「啊——可是。」

駒千代上了車，車子沒有要發動的樣子。

「怎麼了？」

「坐好了嗎？」

司機看著臉紅了的駒千代，突然快速開動車子。

「我從對面看著呢。」

「哦？」

「嬰兒要是淋濕，就不妙了。」

「是的。我可以下車了嗎？」

「想下車了嗎？」

「瞞著你，也是沒法子的事，靠觀眾捧場的職業——在稍離公園處，我們一起回家的呀。」

「保姆嗎？已經過了四十歲吧！」

「耶，是的。雇用結束了，薪水方面還真傷腦筋呀。只要我到小屋表演時，幫忙照看就可以了，有沒有這樣的人？」

「那之間寄託給誰就行了呀！怎麼樣？」

「奶啊——在舞台上發出唧唧的聲音時，總是要用力，乳房就濕了！也曾把衣裳弄髒過。」

「我幫忙找看看，一整天在公園無所事事的女孩有很多。」

「拜託了！」

4

攤販林立，人群聚集。雖是公園大街，但在被攤販包圍的圓形樹叢裡，住著四、五個男子。

而且他們在那裡還養著兩個小女孩。

在攤子上方抬頭看，可以看見他們的生活——不是靠在樹幹上，坐在地上，就是到演戲小屋的地下食堂，去要些剩飯殘渣。

經過攤子前的人，不僅是「一千兩百個定員」。然而，知道樹叢裡住著人的，大概只有「破門而入的壁虎臉」吧。

比白粉的味道更稀奇。

這裡的女孩不像輕歌舞劇的舞孃會撒落芬芳的花粉。那是泥土的味道，不過，泥土還沒變成汙垢。流浪的日子尚淺。

只有元祿袖的毛紗被夜露沾濕。黃色的腰帶還明亮。下垂到肩的頭髮。

住在大街正中央，沒有人比這個男子和小女孩更加孤獨。

5

春吉帶著小女孩中的一人，去盛接跳舞的、年輕的、裸體的花粉。

爵士舞的喧囂中，小女孩睡著了。

「這麼睏啊。」

「嗯。」

「找個好地方讓妳睡吧！」

「可以帶我到『木賃宿』[14]嗎？」

春吉讓她睡在自己的空車裡。

「為什麼不逃離那裡呢？」

「沒辦法！」

「每天都做些什麼？」

「白天什麼事也沒有。你會在這裡到什麼時候？我可以來這裡睡嗎？」

14 譯註：旅客帶米自炊的小旅店。

「妳不想跟輕歌舞劇的舞孃一樣過好日子？」

「那個其實也不輕鬆吧。」

春吉介紹女孩幫駒千代照顧孩子，春吉照顧著那女孩。

6

駒千代外出到鄉下地方巡迴演出。

孩子也被帶走了。女孩哭著到春吉這裡來——她哭泣一定是想起什麼。流浪的悲哀與孤獨——孩子將沉溺於那裡的女孩，從浮世社會拉上來。

春吉只能用車子載她到街上跑安慰她。

途中，才發現汽油沒了。車子停在鐵道陸橋旁的加油站。

那是像塗了黃色油漆的箱形建築物。店裡有個化了妝的服務員。後邊是大宅第的石牆，汽油在柏油的地下。

「妳有帶錢嗎？」春吉小聲問女孩。女孩搖頭，他進入小屋中環視，搔搔頭。「對不起，大姐，可以借方便嗎？」

「借什麼？你在那裡方便就好了，你不是男子嗎？我這裡頭跟電話亭一樣小。」

「那大姐，妳要方便怎麼辦？」

「你真囉嗦！我當然是到附近借。」

「那可以向妳借用的那一家拜託嗎？」

當二人回來時，女孩已經能支付汽油錢了。

然而，在上野公園的陰暗處，熄燈停下車時，春吉和女孩被警察發現了。

7

春吉的老舊福特車被敲得一蹋糊塗，是那四、五個男人幹的，因為棲居在樹林裡的女孩被春吉搶走了。

女孩被送進少年監獄。

司機成了萬才師的弟子。

淺草公園與少年監獄不斷交換訊息。依此，聽說女孩在監獄生了孩子，一聞到汽油味道就想起春吉。

春吉去了哪裡？沒有人知道。

白花粉依然撒落——據說那裡的樂師頭髮都被撒白了。

麻雀的媒人

長久習慣孤獨的他，反而憧憬以自己之身奉獻他人之美。也了解犧牲的尊貴。作為將人類種族從過去傳到未來的一粒種子，滿足於感覺自己的渺小。對於人類種族，跟各種礦物和植物一起，不過是支撐漂泊在大宇宙中一個大生命的小柱子而已，比起其他動物和植物，並非特別尊貴存在的這種想法，有同感。

「可以了嗎？」

表姐在鏡台上旋轉銀幣。用手掌遽然壓住，正經地看他。他在那白皙的手找到憂鬱的心之所在，於是明朗的聲音說。

「是背面呀。」

「猜背面？不過掀開之前要先決定，如果是背面，跟那一位結婚呢？還是不結婚？」

「結婚吧。」

「哎呀，是正面！」

「這樣子嗎？」

「怎麼是洩氣的回答？」

表姐笑得大聲。砰地丟下女孩的照片站起來走了。她是常笑的女人，那笑聲高亢又久。讓家中男人的耳朵都感受到不可思議的嫉妒。

他拿起照片，看女孩，覺得跟這女孩結婚也可以。對於結婚對象有相當程度的好感，於是讓父親或哥哥之手決定自己命運而結婚的女孩，在日本相信還很多吧！他覺得對方很美，為了讓無聊的自己覺醒而猶豫的自己，他感到醜陋。

「說到選擇結婚的對象，追根究柢，結果像是抽籤那樣、用銀幣的正面或背面來判斷。」表姐說。他對於把自己的命運完全交由她白皙掌下的銀幣，甚至覺得非常喜悅。不過，他了解那不過是她諷刺自己罷了，他的眼睛寂寞落在走廊前的泉水。

他向泉水祈求：除了這女孩之外，還有成為自己妻子的女孩，請讓她的臉出現在泉水中。他相信人可以透視時間和空間，他是這麼的孤獨。

神的銳利石子，掉落在他專心注視著水面的視野。二隻交尾著的麻雀從屋頂掉下來。麻雀在水面展翅分為二，往不同方向飛走了。他理解為是神的告諭。

「是這樣子啊！」他嘟囔著。

水面的漣漪逐漸靜止。他繼續注視著泉水，他的心跟平靜的水面都成了鏡子。那裡鮮明映照著一隻麻雀的影子，麻雀嘰叫。那聲音的意思是：

「迷惘的你，現世成為你妻子的女人現身給你看，你也不相信吧！所以，讓你看來世妻子的樣子！」

他對麻雀說：

「麻雀呀！感謝你。來世生為麻雀，麻雀你是我妻子的話，那麼我決定娶這個女孩。看到來世命運的人，對現世不會迷惘。來世美麗尊貴的妻子給我當現世結婚的媒人。」

接著他對照片的女孩作純潔的致意，感受到偉大的神。

蛇

四十四歲的稻子做的夢。

不是自己家中，無疑的是到別人家裡。醒來後想，不知是誰的家。夢中，客廳裡神田社長夫人是主人，稻子也來到神田社長家。然而，客廳的樣子和隔間跟實際的神田家不一樣。

剛開始看小鳥時，丈夫也一起在客廳。似乎只有稻子跟丈夫二人。

聽完夢話，丈夫針對小鳥問：

「小鳥是在籠子裡？或是從庭院飛來的？」稻子被這麼一問，一下子答不出來：「是在客廳裡的，在客廳裡走著呢。」

小鳥有二隻，像蜂鳥一樣小，有像長尾山雀般的長尾。身體比長柄勺子小，尾巴卻大得多，看來結實有力。尾巴像寶石閃閃發光。

稻子感覺尾巴是用各種寶石作成的，隨著尾巴移動，美麗的色彩和光會有微妙變化，是許多寶石隨著角度不同而發出來的。

小鳥在稻子手中拍翅，牠的翅膀發出忽紫忽綠的光芒。在忽紫忽綠的色彩中，其實是五種顏色，也有七種的。

「好漂亮啊！」此外稻子沒有其他感覺。有像寶石尾巴的小鳥，小鳥在自己手中，都不覺得奇怪。不知何時丈夫不在客廳，神田社長夫人坐著。

客廳裡壁龕在西邊，從南到東邊是庭院，走廊是繞著的。走廊從東北角連接起居室的走廊。稻子和神田夫人坐在離起居室近的東北方角落。

五條蛇在客廳裡爬行。稻子看到沒出聲，但作勢要逃走。

「沒關係的，沒事。」神田夫人說。

五條蛇顏色都不一樣。稻子醒來後，還記得清楚牠們的顏色。其一是黑蛇。其二是條紋。其三是像虎斑頸槽蛇的赤蛇。其四是模樣像蝮蛇，比蝮蛇顏色鮮豔。其五是看來像墨西哥寶石發光般的火焰顏色，是非常漂亮的蛇。

「哇，好漂亮呀！」稻子覺得。

不知從哪裡來，篠田前妻出現面前，坐在客廳。年輕、可愛，像舞孃的姿態。

神田夫人是現在的年齡，稻子自己也是現在的年齡；但是篠田前妻比稻子認識她的二十五年前還年輕，豐滿艷麗。

篠田前妻穿著無底色的水色和服。

打扮雖老式，但頭髮是現今流行的髮式，集中在前方，經過細膩的梳理。前髮有會發光的裝飾物，用各種寶石做出來的圓形大梳子？或著說像小皇冠飾物。寶石有赤色和青色，以鑽石最多。

「哇，好漂亮！」稻子覺得。看著篠田前妻用手將頭上的飾品拆下。

「請你買下它！」

接著舉到臉前，那像梳子的飾，從尾端逐漸動起來。還是蛇！是小蛇。

從起居室傳來水聲和女侍者的聲音。起居室前方的角落接著洗茶器處，兩個女侍者正洗著山芋。

「看仔細再買呀！太大了不是嗎？」其中一人說。另一人。

「討厭，人家以為大的好，都挑大的。還是挨罵。」

這時稻子醒過來。

夢中並不擔心；庭院裡也都是蛇。

「有蛇嗎？」丈夫問。

「二十隻左右。」稻子清楚回答數目。

客廳裡面的另一室，神田社長和社長弟弟、加上稻子的丈夫，男士們都在這裡。稻子在夢中，感覺聽得到男士們的說話聲。

稻子說完夢之後，稻子和丈夫沉默一陣子。

「篠田前妻為什麼會在呢？」丈夫說。

「這個嘛，為什麼會在呢？」稻子也說。

「她在哪裡呢？」

已經二十五年未見。篠田死後很快過了二十年。

稻子的丈夫和篠田是大學同一年級。稻子是篠田前妻同一女校的學妹，受她照顧，聽前妻的話而結婚。然而，篠田不久就和前妻離婚，最後再婚。後妻跟稻子夫婦也有來往，所以稱前妻。

前妻離婚之後，就從稻子生活中消失了蹤影。篠田再婚後三、四年死了。

稻子的丈夫和篠田在同一家公司上班。兩人的工作，是篠田前妻拜託學弟神田幫忙介紹的。

篠田前妻和篠田結婚之前喜歡過神田。但是，神田不跟她結婚，所以她就和篠田結婚了。

神田的太太不知道這樣的事，和神田結婚了。從前也對稻子說過：篠田太太好可憐。

現在神田當了社長，稻子的丈夫也在同一家公司。

稻子不想對夢強加論斷，卻記在心裡。

來租房子的代書，一看到十二、三歲小孩一副房東嘴臉，忍不住笑出來。

「不要說大話，寫信給媽媽問看看吧！」

「問媽媽的話，她一定拒絕，我租給你。」

「那房租多少？」

「耶，五圓吧。」

「哼，我可是知道行情的。」代書稍微裝正經。

「五圓太貴了，三圓吧？」

「那我不管了。」小孩一幅馬上就要往外頭衝出去的樣子。代書輕易上了這小孩子的鈎。對他來說這郡公所前的房子是絕對需要的。

「房租只有這個月是先付。」

「是交給你嗎？」

「嗯！」小孩展現像房東的自信點點頭。可是，小孩沒能忍住湧上來的微笑，於是故作正經閉上嘴巴。他現在覺得金錢的交易有趣得不得了。這次是第二次交易。

母親幫姐姐坐月子到東京三個月沒回來。說去東京吧！也沒寄旅費過來。小孩讓鄰家照顧。小孩把到鄰家的舊貨商拉過來，把自己家的舊雜誌和破衣服賣了。興頭一來。

「這個價錢不錯吧？」把火盆的鐵壺拆下給舊貨商看之後，著迷於賣掉所有東西的遊戲。把貧窮的家弄得亂七八糟，連死去父親的禮服都賣了。已經湊齊五圓，足夠到東京來回。小孩從這些交易感覺到大人的生活、獲得每天糧食的不可思議的生活。小孩收取買賣的金錢，同時腦中也清楚刻劃出無論是舊貨商、老代書，他們疲於生活的慘狀。大人生活的第一步是，自己看來是勝利者，感覺在這世上是吃得到飯的樣子。

小孩背負著青森「成子蘋果」的青澀香味，抵達上野車站。母親驚訝得罵都罵不出來，回去的故鄉、家沒有了的念頭像水充溢胸懷。長男也在東京，要是把那個老家賣掉長男就有做生意的本錢，多少年被責怪，總是捨不得放手。雖然賣了自己的和服維生，還留下丈夫的禮服，這個小孩卻把它當破爛賣掉了！

「我要睡三天份的覺！」小孩一到姐姐家馬上睡死了。

這裡是有大水池的郊外。翌日，小孩一個人一大早就到水池釣魚。回來時跟著五、六個附近的小孩，在家門口把十條左右的鯽魚分給大家。

母親和姐姐在家裡哭。姐夫決定把小孩介紹給職場認識的泥水匠當學徒，今晚應該會來接。母親堅持小孩當學徒的話二人要回鄉下。小孩咚咚上來，像跨過小水溝一樣若無其事地說。

「大家吵成一團哭泣的話，我去哪裡都可以當學徒。」

母親默默地開始修補小孩的足袋。小孩把母親的單衣，還有自己的東西收拾好，雖然接下來是夏天，但他連冬天的足袋都裝在行李裡帶來了。

愛犬安產

「岩田帶」自古以來是戌之日[15]繫帶的。狗狗生產時較輕鬆。我自己當過幾次狗的產婆。新生命誕生是好事。生產與育兒是養狗人士的大喜事。然而，去年碰到二次難產。

彎兒、黑兒、福克斯、德兒和可兒都是初產。彎兒生第三隻時在產道窒息，獸醫用鉗子把第四隻拉出來。總之，開始的二隻小孩和母犬安全。有問題的是可兒，比預產期超過一星期，到了第十天還沒生。這在狗狗是少見的。就是今夜，就在今夜，我睡不著。請了兩個獸醫師，我還請了婦產科醫師的朋友來，胎兒是生是死，動手術好呢？還是不好？再三討論，最後決定剖腹，母狗手術過程看來雖好，但是那一夜死了。七個胎兒有一半死了。

15 譯註：依地支排列，每十二天輪到一天。戌，在日本自古以生產易、多子而聞名，因此被視為安產的守護神。婦女妊娠五個月後，戌之日到寺或神社祈願者多。又，戌字，日文唸法與犬字同，唸「いぬ（inu）」。

二次難產的損失，以金錢計算應在千圓以上。這另當別論，這隻母犬可兒，動作像是會撒嬌的女子，我徹夜執筆時不離身旁，臉在我膝蓋廝磨，即使我上廁所也跟著。牠死了，我感到寂寞，搬到櫻木町的家。我了解跟先進的人類婦產科相比較，狗界的產科還讓人不放心。重要的狗難產時，有醫人的婦產科醫師在場較安心。

這次是彎兒第二次生產。夜晚十一點左右開始，從牠扒產箱稻草的樣子，知道就是今晚了。給母狗相當充足的蛋黃和燕麥片，準備好脫脂棉、小夾子、細的「三味線」的線[16]、酒精等助產用具。產箱放在我的工作桌旁。今夜內人也穿著衣服在我的火爐旁假寐。這隻狗兒平常緊跟在內人腳後，要是不見人影，便一刻也不得安寧。

最後這隻狗兒跑出產箱，到內人枕邊。在高約肩膀的火爐床上，一直繞著。似乎想在那裡生產。內人不知不覺睡著了。不久狗狗呼吸急促，轉圈子，嘶鳴，像睡著時腹痛的樣子，有時還打哈欠，表情奇怪。我閱讀丹羽文雄的處女集《鮎》等候著。

凌晨三點過後，開始產前的陣痛，我檢查產道，情況良好，將牠移到產箱。牠仰臥使勁用力之間，似乎破水，舔著箱底；不久我瞄了一下，生了！剛好四點。

16 譯註：材質，古為絹，今則多用尼龍或塑膠。

「喂！喂！生了，生了，快起來，生了呀！」

內人躍起，看到血，她的手指顫抖、慌張。像大香腸或塑膠球那樣的袋狀嬰兒。我已經習慣了，用剪刀剪破胞衣。

母犬當然頻頻舔舐，想咬破。小孩像濕老鼠，不久就張大嘴巴動起來了。臍帶應該用線綁起來之後再用剪刀剪斷，我覺得麻煩直接就剪了。胞衣先破，然後剪臍帶。這順序不能顛倒。接著胎盤用脫脂棉裹起來拿掉。母犬應該吃東西。有吃東西會害腸胃之說，也有吃東西乳汁會出來更多之說。胎盤是幾個小孩都各有一個，可以拿其中的一、兩個給母犬吃。母犬的舌頭舔舐著子犬，彷彿把神祕的生命力流進嬰兒，子犬很快就有精神了，開始爬行，尋找乳房。母犬忙著舔舐污物。我也用脫脂棉擦拭子犬的身體和母犬的髒污。

「好歹有一隻活著。毛髮的樣子很好。不過，怎麼這麼小啊！」我放心了，擦拭手上的血。內人也蓋上產箱。

「小的好啊，比大的容易生產。可以藏比較多孩子不是嗎？不知怎的總覺得害怕，手不敢去碰，這個孩子吸不到奶不是嗎？」

她拿到掌中看牠腹部，這孩子是女的。

第二個小孩稍隔了一段時間，四十四十分，有點卡在產道；是比第一個大的男孩，很有精神，有點白的頭，看來像怨恨的樣子。內人把濕的孩子放進懷裡保溫，用脫脂棉擦拭。

「已經生了兩個，可以了。跟之前一樣呀！」安慰母犬之間，不到十分鐘，第三個骨碌滑出來了。臉有點黑，這隻也是母的。牠的胎盤讓母犬吃。小狗好不容易弄乾了，又爬到產道去吸，又弄濕了，而且整顆頭都是血。內人依序將牠們放入懷裡保溫，已經不像剛開始時那麼害怕了。

「哎呀！整個胸部亂吸，會痛耶！」

母犬雖然絕對信任內人，但小犬在她懷裡哭，還是會覺得奇怪，抬頭往左右斜看。

這時在旁邊有東西頻頻。

「呼、咻、咻……」叫著。是貓頭鷹！像是對生產和小犬的哭聲，覺得很不可思議，踮起腳，或擻著頭，身體團團轉，注視著產箱。

「哦！你也在這裡啊，完全把你給忘了呀！」我站起來餵牠簑蟲。

第四隻五點二十分生，還是母的。內人說還有，六點我讓母犬站起來，檢查肚子已經空了。有點過於順利的安產。母犬咖咖地吃著蛋黃和燕麥片、喝水。小犬的手掌和嘴巴純潔的血色，健康。鼻頭已經有點黑了。任務完成的我，擦拭手上黏液，看早報，想著旅行；內人一直按摩母犬的側腹部。

「太好了！太好了！小狗狗都睡了。」一一數著我老朋友石濱金作、鈴木彥次郎、菅忠雄、尾崎士郎、武田麟太郎等的名字，說她還沒見過他們的嬰兒，今後要逐一去看看。我想幫牠們換上乾草，一打開天窗，暖和的朝陽照進整間房子。一月十八日。

化妝

我家廁所的窗戶與谷中殯儀館的窗戶相對。

兩個廁所之間的空地是殯儀館的垃圾場，葬禮的供花和花圈丟在這裡。

雖是九月中旬，墓地和殯儀館的秋蟲聲已繁複。我手搭在妻子和小姨子的肩上，帶她們到有點冷的走廊。夜晚，走廊的盡頭，打開廁所門的同時，強烈的菊花香味衝鼻而入。我有點訝異，她們臉靠近洗手台的窗戶。窗戶開滿白菊花，二十左右的白菊花圈並列在那兒。那是今天葬禮的遺物。妻伸出手想摘菊花，口中說：已經多少年沒看到這麼多菊花了！我打開電燈，燈光下纏在花圈上的銀紙閃亮。那一夜我工作中上廁所時，聞了好多次菊花香，通宵的疲累在菊花香味中消失了。不久，白菊在晨曦中越發潔白，銀紙燦爛。我上廁所時，發現一隻金絲雀一直停在白菊花上。是昨天放生的鳥累了忘記回鳥巢嗎？

這景象可說很美吧！然而，在這些葬禮花逐漸腐爛的日子裡，我從廁所的窗戶也不得不看它們。恰好是替哪邊寫文章的三月初，五、六天裡詳細看到一個花圈上綻放的紅薔薇與桔梗，隨著枯萎如何變色。

植物的花還好。我從廁所的窗戶也不得不看到人。年輕女子居多！因為男人很少進入，而老太婆在殯儀館的廁所裡，也看著鏡子佇立很久，應該不是女人了吧！然而，年輕女人站在那裡大多就是在化妝。在殯儀館廁所化妝的喪服女人——看到塗抹深色口紅，像是看到舔著屍體的嘴唇，我不由得哆嗦。她們都很沉著，相信沒有人看到，而且身體也顯露出躲著做壞事的罪惡感。

我絲毫不想看這奇怪的化妝，然而，兩道窗戶整年相對，所以討厭的、偶然的絕不會少。我急忙移開視線。我從街頭或客房女性的化妝，想起殯儀館廁所中的女人，那確實是幸福。我想過給我喜歡的女性們寫信，要她們即使來谷中的殯儀館弔唁也不要進廁所。不希望她們變成魔女的同夥。

然而，昨天。

我在殯儀館的窗戶看到用白色手巾頻頻擦拭眼淚的十七、八歲少女。擦了再擦，眼淚似乎流個不停。肩膀顫抖哽咽。她站著咚的一聲往廁所的牆壁倒下，是過於悲傷而倒下嗎？她連擦拭臉頰的力量都沒有了，任由淚流。

只有她不是來躲著化妝的。無疑的是來躲著哭的。

那窗戶讓我對女人產生的惡意，因為她被完全抹去了。這時，意外的，她拿出小鏡子，對著鏡子嫣然一笑，飄然走出廁所而去了。我像是被水潑到般感到驚訝，差一點叫出來。

對我來說那微笑，是謎！

舞蹈會之夜

在劇場的一樓與二樓，只有穿洋裝的女性，與他帶來的打字員，已經日本化的中年外國女人。他覺得外國女人的紅頭髮，像是年紀大了變得這麼難看的標本，旁邊多煙花柳巷似的美麗日本頭髮。紅頭髮的女人大概是家庭教師吧！穿寬袖和服的十二、三歲少女，倚著長椅子似地，依偎著外國人的肩膀，一副像歌舞伎小孩的演員拉長嬌甜聲音，說明舞蹈的節目。

帶著女孩的女人一進來，就往前面的空位子走去，向帶著外國少女的母親做了長長的寒暄。

「哇，令千金穿的衣服都很漂亮！之前說的刺繡的圖案，就是這條帶子嗎？」

「是的。」

「小姐，請讓我看一下。」

少女脫下羽織站起來，像服裝秀的模特兒露出冷酷面孔，身體緩緩轉一圈。繫的是赤色半幅腰帶，像京都舞孃的腰帶繫得鬆垮。

「哇，無論是底色與金線的配合，還是刺繡的行距，果然漂亮！」

打字員被這些女人的氣勢壓倒，低聲說：

「這叫著客套話呢？」

「是呀。」

「經常這樣穿著和服亮相嗎？」

「是呀。」

下一幕「菊蝶東籬妓」一開始，打字員又說：

「這孩子現在學這個呢。」

在他前面的椅子，腰帶讓人看的少女，隨著舞台上三具假面的搖籃舞晃動肩膀，手模仿著。看到那纖細手指的柔軟和小手，打字員從少女身上感受到的驚訝與憎恨，逐漸傳給他。

像美麗的菓子受培育的小女孩，不只那少女一個人。穿著振袖的陌生少女們，在走廊來回走著。

打字員今後以多少錢賣掉她的身子，即使妝扮得美美的，貧窮出身的回憶印記，並不會從她的身上消失。再則，在今天的劇場，滿是一眼就能看出女人出身的婦人們。她們的衣服，與打字員想買的百貨店特賣的絹，價錢不一樣。即使每跳一次有十分鐘的休息，除了出去吃便當，她從未想離開座位。在「柳雛諸鳥囀」這一齣，看到鷺娘三次換穿華麗的衣裳，他不好意思似地自言自語：

「光是衣裳也要幾百塊，不，千圓以上吧！」

「要是操心這個，就不要跳了！」

「光是以衣裳眩人耳目，舞蹈還差得很。」他說著，沒想到正式舞台上看到弟弟從前的戀人，臉紅似地心中引起一陣騷動。從前以舞蹈流派的名稱作為姓，改成現在的藝名分不清是男是女，因此節目表上沒察覺；錯不了，她是里枝。

里枝是家元[17]的心愛弟子，有傳言要她當養女，以繼承衣缽。她十九歲時跟弟弟戀愛。弟弟是大學生。個性傳統的父親認為跳舞的老師、藝妓都一樣，當然不允許他們結婚。即使這樣，他為了弟弟到家元的家要里枝，對方說，已經斷絕關係，是陌生人了，要怎樣悉聽尊便。弟弟和里枝成了家。然而，里枝對學生的粗俗和貧窮很快就受不了，

17 譯註：日本舞蹈、插花、歌舞伎等藝道方面，傳承流派的正統地位的家，或居於其地位者。

棄弟弟而去。她很聰明，投靠家元有力的後援者。不久回到原來的家元處。之後他完全不知道不知何時？為什麼？里枝出席的都是日本舞蹈家元級出場的大會的舞台。連想到由於跟她戀愛大學中途退學，在素人劇團混日子，現在還是窮光蛋的弟弟，現在里枝的舞台姿態實在過於光鮮亮麗。他並不因弟弟的緣故憎恨她，反而對她燦爛的出頭樣子感到愉快。她無疑的完全忘記五、六年前那一場戀愛。觀眾大概也沒有人知道。他認識的人只有五到十個左右，他大喊背叛者，舞台上的她連眉毛都沒有動一下繼續跳舞，他只有自己感到臉紅的份兒。三弦曲聽來像是演奏她的凱旋歌。他也跟打字員一樣，感覺很在意別人的眼光。

「感覺不舒服的男女很多呀。」打字員像是找到出口似地自言自語。

「剛才在我後面說話像女人，我一看，真是噁心！」

「嗯，大概是歌舞伎的女形[18]吧。」

這裡有很多繫著像年紀大藝妓的伊達帶顏色的角帶，穿著鬆垮垮的、黃色裡參雜胭脂色的粗條紋衣服的男性，與繫著像少女兵兒帶的長袖少年。對藝妓尚且感到自卑的打

---

18 譯註：演女角色的男演員。

字員，似乎從這些男女身上找到輕蔑的發洩口。

雖說是跑文藝的記者，在粗俗報社上班的他，走出劇場之後，受到日本傳統之美薰陶，走路依然微醺。有時西洋舞蹈與日本舞蹈間，會有著如新劇的翻譯劇與歌舞劇的差距。他經常行走西洋風的銀座，覺得這是不可思議的街道。一直到抱著大包東西從食品行玻璃門跑出來的弟弟來到跟前，他的夢卻還沒醒。弟弟幾乎要碰到他。

「哦，哥哥！」

「什麼事？那麼急。」

「老婆剛剛生小孩了。」

他想起里枝的舞台造型。

「恭喜！」

「比預產期早了六十天，是早產兒呀！」弟弟說話很急。

「是嘛，沒問題的。七個月的孩子都活得好好的。」

「體重只有六百公克！」

「一般是多少呢？」

「我有點急，先失陪了。」

「哎呀，喝杯茶吧！」

「我要去接下田博士，不找可靠的醫生看總是不放心。」弟弟像是連一刻都待不了，手腳不安地一直動著。

「二、三天內再見哦。」

「不，我也一起過去。先繞到醫生那裡，然後到你家祝賀。」

「哦。」弟弟稍微放心，像是才發現跟他在一起的女人。

「可是……」

「沒關係。」他對打字員說。

「那麼再見了！」

二人坐上計程車。

弟弟充滿感謝的臉看他，可是一接觸到他冰冷的眼神：

「不好意思呀。」

「那個女人嗎？」

「是的。」

「她是報社的打字員。第一次帶她出來，說不定會帶她去哪裡。」

「那實在是不好意思。」

「說什麼，沒事。那個女人在飯店或那裡，要是突然想起父母或兄弟睡在小巷的大雜院、蓋著又薄又硬的棉被的，會憂鬱呀。」

「她家裡有困難嗎？」

「是的。怎麼樣？有了孩子高興吧。」

「嗯，要說是高興的事嗎？」

他突然笑出聲來。弟弟從前的戀人在大劇場的舞台，隆重登台跳舞。同一時候，弟弟的老婆在貧窮的家生孩子。弟弟、弟媳、里枝都不知道這回事。多奇妙的事，這究竟是怎麼一回事？他跟那個打字員正談戀愛，有一天會分手。然後幾年之後的同一時間裡，他做什麼事，她也做什麼事，然而彼此都不知道。雖說這是當然之事，那時候也像現在自己笑著一樣，會為什麼而笑吧！他心裡癢癢的，想對弟弟說今夜看到里枝跳舞的事，咚咚拍拍弟弟的肩膀。

「喂！要加油呀！」

「嗯！我也這麼覺得。當了爸爸，不加油不行呀！」弟弟說。

紅梅

父母相對坐在下堀式暖爐，眺望老樹的紅梅開了二、三朵的花，爭吵著。

父親說，紅梅幾十年來都從下面的樹枝開始開花，那株老樹從妳嫁過來到現在絲毫未變。母親說，我不記得了。母親對父親的感懷沒有附和，父親似乎不滿。母親說，嫁過來之後，沒有閒情逸致看什麼紅梅。父親說，你就是這樣糊塗過日子的。父親對於人的壽命跟老梅樹相比，是多麼短暫的感慨，似乎因此而中斷了。

話題轉移到正月的菓子。父親說，正月二日在風月堂買了菓子回來。母親硬是說沒有。

「妳讓車子停在明治製菓等著，後來車子直接繞到風月堂，兩邊確實都買了呀。」

「你在明治製菓買了東西……可是，我到這個家來之後，從未見過你在風月堂買過什麼東西。」

「說得太誇張了。」

「可是，我從來沒吃過。」

「不要裝不知道！正月時妳不是吃過嗎？我的確買了。」

「討厭哪，說像夢話的事兒。你不覺得不舒服嗎？」

「哎呀……」

女兒在廚房做午餐，邊聽著。女兒知道真相，可是不想說出口，只是微笑，站在煮湯鍋的旁邊。

「你真的有帶回家來嗎？」

母親對父親在風月堂買了東西這件事，似乎想承認，卻又說：

「我沒看到呀。」

「我帶回來了……還是放在車上忘了？」

父親的記憶似乎也有些動搖了。

「這個嘛，要是忘了，放在車上，司機會送回來，大概不會不吭聲拿走吧，因為車子是公司的。」

「是的。」

女兒稍微覺得不安。

母親完全忘記，是奇怪，父親被母親一說變得沒信心也奇怪。

父親正月二日開車去散步，買了許多風月堂的菓子餅乾回來。母親也吃了。

沉默了一陣子；母親突然想起來似地，非常乾脆直截了地當說。

「啊，那菓子，你有買回來。」

「對嘛！」

「對了，我想起來了。好像是給了誰，用紙包起來，是我給的。耶，是誰呀？」

「對吧，給了人。」

父親的聲音像是肩膀痠痛好了的聲音，馬上接著說。

「給了房枝不是嗎？」

「對哦，是給了房枝嘛？沒錯，我說不要讓小孩子看到，用紙包起來給她。」

「是呀，是房枝。」

「嗯，真的是這樣。是房枝。」

父親和母親的對話告一段落。父母都覺得話題一致，似乎各自感到滿意。

其實，這與事實不符。菓子不是給女傭房枝，而是隔壁的男孩子。

女兒等著母親會不會像剛才那樣想起來呢？然而，茶間一片寂靜，只聽到鐵壺的聲音。

女兒準備午餐，把東西擺在暖爐板上。

「好孩子，剛才的話妳聽到了嗎？」父親說。

「聽到了。」

「媽媽老邁也是麻煩呀，因此越來越固執，好孩子，妳要幫媽媽記東西。」

「怎麼樣？父親也真是的……今天風月堂的事是我輸了。」母親說。

女兒對房枝這件事，話都已經到喉嚨了，不過，沒說出口。

父親逝世的前二年，患輕微的腦溢血，幾乎不到公司了。

老樹的紅梅，那之後固定從下面的樹枝開花。女兒常想起父母關於風月堂的話題。

但從未對母親說起，因為母親似乎也忘記了……

帽子事件

夏天了，每天早上，上野的不忍池，蓮花花苞開花，發出可愛的爆音。

這是夜晚在橫跨不忍池的觀月橋上發生的。

橋的欄杆處乘涼客成串。吹南風，甚至街上冰店暖簾輕輕的下垂，一動也不動。那時候這裡吹著微風，池中映月依稀看得到二尺金鱗魚兒。不過那微風無法把重重的蓮葉吹翻面。

乘涼客是常客。常客知道風吹的通道。在風的通道之前，迅速過橋跨過欄杆的鐵條到橋邊。然後脫下木屐，打赤腳，把木屐並置，屁股坐在上面。接著取下帽子放在膝上，或置於腰旁。

廣告燈在池的南邊流放。

寶丹

BLUTOSE
宇津救命丸
獅子牌牙刷

像專業的乘涼客對話如下：
「寶丹的字最大——不愧是老店。」
「那裡是寶丹的總店吧。」
「寶丹這陣子也蕭條了。」
「不過在那一類藥裡頭，寶丹還是最好的。」
「好嗎？」
「好呀，仁丹是靠廣告賣的……」
這時——
「啊，完了！」
叫喊聲，二、三百公尺前的年輕男子雙手按住橋邊望下瞧。麥稈帽子浮在水上。
那邊的乘涼客一齊發出輕笑聲。帽子掉落的男子難為情想逃走。

「喂，喂！」

嚴厲的聲音。出聲的男子抓住帽子掉落的男子衣袖。

「撿起來不就行了嗎？一點也不費事。」

掉落帽子的男子感到驚訝，回頭看這個瘦男子，馬上發出軟弱的苦笑掩飾。

「沒關係，我可以買新的，這樣反而更好。」

「怎麼說？」

瘦男子聲音變得銳利。

「怎麼說？那是去年的舊帽子，也到了該買新帽子的時候了。而且，麥稈濕了，吃水會膨脹。」

「所以啊，趁還沒有膨脹之前趕快撿起來不就得了嗎？」

「想撿也撿不了，算了吧！」

「哪有撿不了？像這樣手扳住橋邊身子下垂，腳就勾得到。」

瘦男子屁股在池上突出，作出下垂的模樣讓他看。

「我可以在上面抓住你的一隻手。」

人們對瘦男子作出的動作發笑。三、四個人站起來靠近。他們對掉落帽子的男子說：

「你，下去撿起來吧，帽子戴在水上也沒用。」

「說的是，大池子戴小帽子沒意思。俗話說給貓銀幣，你這是給池子帽子。撿起來吧。」

掉落帽子的男子對逐漸聚集過來觀眾出現敵意說：

「撿起來也沒用呀。」

「撿起來看看，不行的話送給乞丐也可以。」

「要是一開始就掉在乞丐的頭上就好了。」

在人們的笑聲中，瘦男子表情非常嚴肅。

「再磨磨蹭蹭的，帽子就流走了！」

於是，一隻手抓住欄杆，一隻手伸向水裡。

「來，抓住這隻手……」

「撿那個嗎？」

掉落帽子的男子聲音不像是自家的事兒。

「撿呀！」

「來……」

掉落帽子的男子脫下木屐準備。

「請把我的手抓緊啊。」

觀眾感到意外，笑聲一起停止。

掉落帽子的男子右手握住瘦男子的手，左手放在橋邊，雙腳沿著橋桁慢慢滑下，掛著。腳碰到水面。用兩腳夾帽子凸出的部分。再用一隻腳的腳趾夾住帽子的邊緣，然後，右肩用力上抬左手肘靠在橋邊，右手用力拉。

那一瞬間，水花濺起，砰地沉入池裡。

抓住右手的瘦男子，把手掌放開了。

「哇！」

「掉下了！」

「掉下了！」

觀眾爭先恐後往水裡瞧，這麼說著——從後面推過來，一個個咚咚掉到水裡了。

瘦男看穿這鬧劇似的大笑，笑聲聽來清澈。

「哈哈哈哈！哈……」

發出笑聲的男子，像黑犬隱身白橋往黑暗的街上跑過去。

「逃走了！」

「畜生！」

「扒手？」

「瘋子？」

「刑警？」

「……」

「……」

「上野山上的天狗。」

「不忍池的河童。」

「是你們的話，老人家也會高興的。」村野看到新郎吉郎和由紀子說。「父親和母親耳朵幾乎聽不見，所以會有些奇怪的動作，你們不要在意。」

村野因為工作關係搬到東京，鎌倉的家只剩老父母。老父母住在別屋，因此主房想找人租出去。房子與其空下不如讓人住，再者老人家也不會寂寞，所以房租只是象徵性。吉郎結婚的媒人是村野認識的，作中間的橋樑，吉郎帶著由紀子去見村野，村野馬上說，沒問題。

「聾子的老頭旁，花開了呀。我並沒考慮只租給新婚者，不過，新婚夫婦能住下來，我彷彿看到老房子和老人家，都被你二位的年輕照亮了，我眼前恍惚看到了。」村野又說。

鎌倉的家位在鎌倉多山谷的深處。主房有六間，對只有新婚的二人來說過於廣大，搬過來的夜晚，家很安靜，不習慣，六個房間的燈都開亮，住在十二帖的起居室。這是最大的房間，由紀子的衣櫥、鏡台、寢具以及其他的嫁妝，總之都先搬到這房間，因此，這裡連坐的地方都沒有；但是，二人覺得心安。

由紀子把首飾的藍玻璃珠，試著做各種組合，重新作新的首飾。由紀子的父親在台灣四、五年，收集了兩、三百顆原住民的舊「藍玻璃珠」，由紀子結婚前從那裡挑了十六、七顆，接在首飾上，新婚旅行時帶過去。由於是父親喜愛的東西，由紀子把對父母的離別感傷，也寄託在那些玉上。初夜天亮的早上，由紀子戴上那些首飾。吉郎被深深吸引，抱起由紀子，臉極力靠近脖子。由紀子覺得癢，叫出聲音來，想躲避時，玉掉落地板上，首飾的線斷了。

「啊！」吉郎放開由紀子。二人蹲下來，撿拾散落地板上的玉。由紀子看著屈膝像爬行動物一樣找尋玉的吉郎，忍不住想笑，但突然變成「隨你喜歡」的態度。

那時撿起來的玉，準備在來鎌倉的夜晚重新組裝。每顆藍玻璃珠的顏色、模樣、形狀各異。有圓的、有四角形的、細管狀的。顏色有赤、紫、黃等，即使只有原色，也舊而樸拙，畫在玉上的圖樣使原住民的純樸更有一番情趣。不同的玉稍加改變組合，首飾的感覺也稍有不同。本是原住民首飾的玉，鑿有穿線的孔。

由紀子嘗試著各種不同的組合方式。

「本來的組合還記得嗎？」吉郎問。

「那是跟父親一起組合的，不完全記得。按照吉郎你喜歡的方式，重新組合。請你注意看著。」

二人肩靠近，用心組合藍玻璃珠中，竟忘記時間流逝，夜深了。

「有什麼東西走在外頭？」由紀子豎起耳朵。是落葉的聲音！不是這房子的屋頂，似乎落葉落在別屋的屋頂。風吹著。

翌晨，由紀子呼喊吉郎。

「你來看看，趕快來看看，後邊的老人好像飼養著鳶，還跟鳶一起吃飯耶！」

吉郎站起來走過去，天氣晴朗的小陽春，別屋的拉門開著，在陽光照射的飯廳裡，可以看到老夫婦在用餐。別屋是從主房的後院稍往上處，分界線有種植山茶花的矮樹籬。山茶花盛開，別屋看來像是浮在花岸上。被三方面小山已變色的雜樹掩埋似地包圍著。深秋的陽光，照射在山茶花和雜樹的紅葉，那陽光似乎連後面都溫暖了。

二隻鳶靠近餐桌，頭抬起。老夫婦把盤中的荷包蛋和火腿放進口中咬成小塊，每次用筷子夾著餵牠們，鳶會稍微張大嘴巴動一下。

「很習慣了。」吉郎說。「我們去打個招呼吧，牠們正在用餐，沒關係吧，想去看可愛的鳶呀。」由紀子進去裡面，更換衣服，戴上昨夜辛苦做的首飾。

二人走近山茶花的樹籬，鳶察覺到了突然飛起來。牠們的拍翅膀聲音嚇到二人。由紀子啊了一聲，仰望鳶高飛空中。看來是山裡的鳶下來到老人的住處。

吉郎客氣地道謝讓他們住在主房，他說。

「對不起！嚇到鳶了。牠們跟你們很熟了。」然而，老夫婦似乎什麼都沒聽見。也沒有想要聽懂的樣子，癡呆的臉看著兩個年輕人。由紀子把臉轉向吉郎，用眼睛探問：怎麼辦呢？

「謝謝你們搬過來住，老太婆，有這麼漂亮的年輕人當鄰居。」老人突然像自言自語地說；然而，老妻似乎沒聽到。

「隔壁的聾子，即使在也可以當作不在喲，她眼睛看不到也想見見年輕人，所以故意不躲開。」

吉郎和由紀子點點頭。

鳶像是在別屋的上方飛舞，可以聽到牠們可愛的啼叫聲。

「鳶似乎還沒吃完早餐，從山上下來了。我們不要打擾牠們了。」吉郎催促由紀子，離開了。

五十錢銀幣

1

月初給的二圓零用錢，母親習慣親手將五十錢的銀幣放進芳子的小錢包。

五十錢的銀幣，那時候變少了。芳子看著似輕又似重的這個銀幣，把紅皮革的小皮包塞得滿滿的，充滿威嚴。小心翼翼地不把五十錢銀幣零花，到了月底大多放進手提包裡的小錢包。

同事們一起去看電影或去喝咖啡，這類像少女的享樂，芳子雖不排斥，但是當作自己生活以外的東西。沒有體驗過所以不會感到誘惑。

一星期一次從公司回家的途中繞到百貨公司，買一根很喜歡的十錢原味大棍狀麵包以外，沒什麼讓芳子花錢的了。

然而，有一天，在三越的文具部看到玻璃製的文鎮。六角形、浮雕狗狗。那隻狗很可愛，終於拿起來一看，冰涼與沉重，突然有種愉快的感觸，喜歡這類靈巧工藝品的芳子，不由得被吸引了。芳子將它放在手掌上左看右看，依依不捨放回原來的盒子裡。四十錢。

翌日，她也來了，同樣看那文鎮看得入迷。第三天又來看。這樣大約經過十天，終於下定決心。

「我要這個！」說的時候心中砰砰跳。

她回到家後，母親和姐姐笑了：

「買這個像玩具的東西。」

但她們把文鎮拿在手上觀看時又說：

「耶，還蠻漂亮的。」

「很精巧呢。」拿在電燈下欣賞。

磨亮的玻璃面與像毛玻璃朦朧的浮雕微妙地調和，六角形的切法也精巧而有格調，對芳子來說是美麗的藝術品。

就芳子而言，花了七、八天才認定有自己持有的價值，不管誰說什麼都無所謂；不過，能獲得母親和姐姐的肯定還是高興的。

買個不過是四十錢的東西花了將近十天，即使被笑太誇張，但不這樣，芳子是不舒心的。粗心大意以為不錯，一時高興買了之後後悔的事，芳子是不會有的。十七歲的芳子，並不是下決心買一件東西，還要花許多天來深思熟慮的人。可是腦中根深柢固的觀念，金錢是重要的東西，隨意使用會感到恐怖。

大約三年後，談到文鎮的話題大家大笑。

「那時候真的好可愛呀。」母親深有所感地說。

芳子持有的東西每一件都有惹人微笑的故事。

2

依由上而下的順序買東西很方便，先搭電梯上五樓。星期天，芳子少有的應母親購物之邀來到三越。

那天買東西結束後下到一樓，母親像是理所當然的到地下街的特賣場。

「那麼擁擠，媽媽，我不喜歡。」芳子嘀咕著；母親沒聽到，然而，特賣場的空氣似乎搶先傳給了母親。特賣場是會讓人胡亂花錢的；我家的老媽怎麼樣呢？芳子有點觀望的心情隨後趕過去。冷氣夠涼並不熱。母親首先買了三疊二十五錢的便箋，回頭看芳子，二人嗤然一笑。那陣子母親偶爾用芳子的便箋，聽到訴苦，所以這麼一來就安心了，彼此相視一笑。

母親被廚房道具的賣場、內衣賣場等，人聚集多的地方吸引，可是又沒有撥開人群的勇氣，不是伸長脖子瞧，就是從前面人的袖子縫隙伸出手，可是，一件也沒買，像割捨不得、又下不了決心似地，腳朝向出口。在出口的地方母親說：

「哇，這一把九十五錢？」拿起一把陽傘。翻挖堆放那裡的陽傘，盡管每一把都掛著九十五錢的標籤，母親好像很驚訝。

「好便宜呀！芳子。很便宜不是嗎？」說著突然精神百倍。模糊而猶豫的遺憾似乎找到了出口。

「哪，你不覺得便宜嗎？」

「真的便宜。」芳子也拿一把看看。母親另一隻手伸過來將它打開，「光是傘骨也便宜，布雖是人造絲，相當堅固不是嗎？」

芳子突然這麼想，這麼不錯的東西為什麼賣這樣的價錢呢？反而有一種類似殘障者還被壓迫的那種奇妙的反感湧現。母親一個勁尋寶似地翻亂、或打開看看。芳子等了一陣子。

「平常的，我們家就有了。」

「耶，不過那個嘛……」只看了芳子一眼。

「十年，不有十五年了，都用舊了是老式的，芳子把它給誰吧，對方一定高興的。」

「好啊，送人是好的。」

「沒有人不高興的吧。」

芳子笑了；母親是以那個誰當目標來判定傘吧，身邊沒有那樣的人。如果有，不會說給誰。

「芳子，怎麼啦？」

「是呀。」芳子依然有心無意地回答；靠近母親身旁找尋適合母親的傘。

穿著人造絲薄衣物的女人們嚷著：好便宜，好便宜！輪番任性購買。

芳子覺得臉繃得緊緊且發紅的母親可憐，對自己的躊躇生氣。

「哪一把都好，趕快買不就行了嗎？」芳子準備這麼說，回過頭來。

「不要買了！」

「咦？」

母親的嘴角浮現淺淺微笑，像要趕走什麼似地，手放在芳子的肩上，離開那裡。不過，這次換芳子有所牽掛；但走了五、六步也就釋然了。

她抓住肩上母親的手，用力握著一個大揮動，肩並肩似地身體靠近，急忙走向出口。那是距今七年前，昭和十四年的事。

3

鍍鋅鐵皮的窩棚一下雨，就想起那時要是買了陽傘就好了，芳子不經意想對娘家的媽媽開玩笑說，現在可是要一百圓或二百圓呀。然而，媽媽在神田被火燒死了。

在買傘的那地方被燒死的。

那個玻璃文鎮偶然留下來。橫濱的夫家燒毀時，將那裡的東西拼命往緊急避難包裡塞，而文鎮就是其中之一，成了娘家唯一的紀念品。

從傍晚開始，小巷附近的女孩發出奇妙的聲音，傳言她們一夜可以賺一千圓。芳子不經意把文鎮拿在手上，這是她和那些女孩年紀相仿時，考慮了七、八天才花四十圓買的，看著可愛的狗雕刻品，這時她察覺到附近燒毀的街上連一隻狗都沒有，不由得心裡起了疙瘩。

母國語的祈禱

1

他讀語言學的書籍。

美國的拉修博士報告了事實：

——有叫斯甘奇夫博士的義大利人，他是教師，會講義大利、法國、英國三個國家的語言，因黃熱病死了。

他發病的那天只說英語，疾病的中期盡說著法語，終於到了臨終的那天，只說母語的義大利語。當然，發燒的他，不會有意識故意這樣子。

——還有暫時性發瘋的女人發生過這樣的事：

她剛發狂時，說非常笨拙的義大利語，最嚴重時說法語，病勢較緩和時說德語，終於快好時又回到母語的義大利語。

——某個年紀大的林務官，他少年時曾在波蘭待過，後來主要住在德國，三、四十年之間從未說過也沒聽過波蘭語。因此，他的母語可說完全忘記了。

然而，有一天施予麻醉的二小時左右之間，他盡是用波蘭語說話、祈禱、唱歌。

——拉修博士的熟識者是名德國人，長期在費城擔任路德派教會的傳教師。他對拉修說過這樣的故事：

在費城南部有群老瑞典人。他們移居美國之後，五、六十年間很少說瑞典語。到了沒有人認為他們還記得自己母語的程度。

然而，這些老人們大多數躺在頻臨死亡的床上，快要斷氣時，被埋葬的記憶彷彿從遠處歸來，一定使用母語祈禱。

這些是語言的故事。而這些奇怪的事實說明了什麼？

「那些不過是記憶的變形而已！」心理學者會這麼回答吧！

然而，感情豐富的他，想以充滿甜美感情的手，擁抱那些不得不用「母國語祈禱」的老人們。

既然如此，所謂語言是什麼？不過是符號？所謂母國語是什麼？

聽說有一本書上寫著到：

「語言的不同，其實是野蠻人之間，為了對其他種族隱瞞自己種族的祕密，而產生的。」

這麼看來，以「母國語祈禱」是人類的因襲，甚至使人被束縛得不能動彈，為了要解開那束縛的繩索，或者以那繩索為支柱而活著的一種心情，不是嗎？有著長久歷史的人類，現在也被那繩索綁在樹上成了屍骸。一旦切斷繩索，只會趴倒在地上。「母國語的祈禱」也是那種可憐姿態的顯現。

雖說這麼想——不，他即使想著這樣的事，閱讀語言學的書籍，還是想起加代子。

「對自己而言，加代子是像母國語那樣的東西嗎？」

2

「胴體沒有鴿子大，展翅跟鴿子一樣寬。」

這是形容蟋蟀的。他醒過來時，腦中浮現這樣的句子。夢見大蟋蟀。

那之前的不記得了。總之，大的蟋蟀展翅飛到耳朵，不！更正確地說是擦過臉頰，他記得很清楚。跟加代子分手要採取哪一種方法呢？蟋蟀教了他。

不久他快步走在鄉下的街道，是夜晚沒錯，稀疏的街道樹朦朧浮現。像鴿子大小的蟋蟀還是在他臉頰上展翅依附，沒有聲音。奇怪的是，他從拍翅感受到高度的道德，以接觸到隱藏在密教教義的心情接觸那展翅。也就是說，像鴿子的蟋蟀是真理的使徒。拋棄加代子道德上是正確的，這是這隻蟋蟀常告訴他的。

他這麼覺得的同時，不知怎的，像被追趕似地在乳色街道上疾行。蟋蟀的形體浮現的同時，他醒過來了。

「胴體沒有鴿子大，展翅跟鴿子一樣寬。」

枕邊重瓣的白色晚香玉散發出香味。是七月的花。因此，蟋蟀還不會叫。為什麼會夢見蟋蟀呢？以往加代子跟蟋蟀有什麼關連嗎？

住在郊外時，一定有跟加代子一起聽過蟋蟀叫，或秋天與她走在野外時，看過蟋蟀飛吧。

「蟋蟀的展翅為什麼是道德的象徵呢？」

那畢竟是夢，想不起能夠分析那蟋蟀夢的記憶埋藏在哪裡？他微笑又睡著了。

百姓家廣闊土間上的天窗，有像燕巢的房間，那是像被爐的木框罩形狀的房間。他隱身在這奇怪的鳥巢裡。

可是，他總覺得不安，無法久待在屋頂裡的躲藏處。像雜技演員沿著長竹竿下來到內庭。有男子追過來，他從後門逃出——鄉下叔父的家。

裡頭有像一寸法師的小和尚，小和尚揮舞著小掃帚，擋住衝往米倉的他。

「不行！不行！不可以逃到這裡。」

「告訴我可以逃到哪裡？」

「請逃到澡桶裡。」

「澡桶？」

「只有湯池了。趕快！趕快！」

小和尚急忙讓他脫掉衣物。小和尚拿著衣物要是被男子看到就不妙了，他爬上湯池的窗戶。身子縮進湯槽的熱氣中，意外的像熱水一樣接觸他的是加代子的肌膚。她早已躲進來了。她皮膚像油一樣光滑，湯槽裡窄得快容不下二人的胴體。

「不行！二人擠成這樣子，要是被男子發現了，生出什麼疑問也是自然。」

他擔心肌膚和加代子緊密碰觸而醒過來了。

妻子的舟底枕頭的金泥微微發光。電燈關掉了，是早晨陽光洩進來的。他探索妻的身體，連下身都有睡衣包裹著。

所以不是因為碰觸妻的身體而做這樣的夢。

這且不管，夢中想殺他的男子是誰呢？無疑的是加代子的丈夫或者戀人。可是，在他之前她沒有其他男人呀！這麼看來是在他之後的男人。然而跟他分手時，她也沒有別的男人，所以，他沒看過也沒聽過那樣的男人。那為什麼會做被這男人追殺的夢呢？

曾經因為加代子而被忌妒，使他對此感到驕傲嗎？或許是的。八年前的離別是道德性的，到如今還得蟋蟀教他。如果不是，那就是這樣子吧：

「對加代子而言，他就像是母國語那樣的東西嗎？」

3

「我是加代子的叔叔。」

不用說，那男子當然衝到他家裡來。

「加代子寄來一封奇妙的信，我想跟你見個面談一談，所以就來了。」

那男子以懷疑的眼光看著送茶來的他的妻子。

「如果她現在在你家裡可否請她出來一下？」

「你是說加代子嗎？」

「是的。」

「她在哪裡？我也不知道！」

「我隱約察覺到有什麼內情，希望不要對我隱瞞。她的信我也帶來了。」叔父從懷中拿出信給我看。信封上寫著香川縣。這男子是從加代子的故鄉四國專程來到東京附近嗎？而寄信人寫著他家的加代子。他感到訝異，看了郵戳，是他所在的熱海町郵局。

「信裡究竟寫些什麼呢？」

「你看吧！」

叔父：

我的事完全委之於木谷。包括我的命運、我的葬禮，因此，我的頭髮連一根也不要送回故鄉，請原諒！如果方便的話請見一下木谷，問他，我的事怎麼說。

木谷加代子

這是什麼謎？加代子怎麼知道他住的地方？為什麼到這海岸來？

「專程為了送這信而來的？」

這之後的第二天，聽說魚見的漁夫在魚見崎發現殉情的屍體。聽說從三百公尺的斷崖之上，就像看水族館裡的魚一樣可以清楚看見海底的屍體。這是因為快到初夏，海水清澄到不可思議的程度？

「那是加代子！」

他的直覺當然對了。

加代子殉情的場所選擇他住的地方。男人的屍骸像魚一樣無表情。可是這男人忌妒他，即使在死的瞬間。

隨著死亡瞬間的接近，人的記憶力衰退。首先新的記憶力開始被破壞，接著那破壞力終於達到最後一點時，有如燈火消失時那樣，短時間內燃燒得猛烈。這就是「母國語的祈禱」。

這麼看來，水中的加代子清楚浮現心中的，不是殉情的對方，而是初戀情人的他的臉而死，那是她悲哀的「母國語的祈禱」吧！

「蠢女人哪！」

他焦躁而憤怒，像踢她的屍體般對叔父說。

「到死亡為止依然被古老的幽靈附身。沒有能力從在一起僅兩年的我身邊逃離。自己將自己的一生當作奴隸。她是母國語祈禱的傢伙！」

黑牡丹

黑牡丹
父：㹴犬
母：狆
出生地：赤坂青山南町五之十五渡邊雪子家
生日：昭和三年十月二十六日

「黑牡丹？白色的狗為什麼叫黑牡丹？」
「耳朵呀，左耳看來像黑牡丹的花不是嗎？」
「哪裡？讓我看看！」用手掌把小狗的頭抬起，小狗爬上他的胸部，突然舔他的嘴唇。
「喂，先舔人的嘴唇是厲害的傢伙，你呀，將來一定是可怕的不良少女！」

「他是男的。」

「是男的啊。」他看著雪子害臊的臉，當然想起她的接吻。對激烈接吻的小犬覺得可愛。

「可是，男女性別的地方漏寫了。」再一次打開綁在頸圈袋中的紙說：

「你的戶籍謄本很棒！」卻打了寒顫。因為他讓雪子生了沒有好戶籍的孩子。不過，她說：

「跟男女無關，希望能幸福過日子，故意漏寫的，對不對呀，黑牡丹！」

「這耳朵看起來像牡丹，頂多是一瓣花瓣哪。」

「以花瓣來看不像牡丹的花瓣嗎？」

「好名字，可是，不會黑牡丹、黑牡丹地叫呀。不喜歡kuro，牡丹呢？叫波、波吧。」

「波耶[19]，波耶。」

「不是波耶，我說的是波。」

「真的要帶回去養嗎？」

19 譯註：日文的少爺。

「是呀，反正都養了兩隻流浪犬。現在應該在走廊下睡覺。之前內人去買香菸，是位氣質高雅的老太婆開的，看到跟在內人後面的狗狗，那個老太婆說，這隻狗很可憐，家裡有剩的東西請妳餵牠。內人說在家裡每天都餵牠飯吃，老太婆雙手伏地道謝。這時從裡面出來另一位老太婆，二人又一起低頭說謝謝。大意是，這隻狗的主人搬到鎌倉時將牠丟棄，長久以來在這附近的垃圾箱和廚房門口閒逛，又髒又瘦，眼神也變得兇惡、卑賤，無論到哪一戶人家都被趕出來，在狗界也受到輕蔑。真是的！看來連狗都知道身分和財產，任何一隻狗都把這隻當乞丐狗，露出白齒。我們家飼養之後，還跟到外邊來，街上的小孩大家都對牠扔石頭，內人也覺得太過分了，跟那些小孩吵架了。賣香菸的老太婆平常就同情牠，所以對內人道謝。」

「太好了，看得出你是會疼愛狗狗的個性，那太太也是吧。」雪子說。

「但是，對貴族血統的狗不知是否一樣疼愛？」他說。

「回來得晚呢？到哪裡了？」雪子問。

「你是說內人嗎？其實是到舞廳把我的畫賣給熟客去了，聽說你們要轉職到中國，向你們借的錢不還不行呀，所以連我到現在也還在外面跑呢。」

「這樣子？看來你太太還是不願意接受我的心意，今天是我闊別兩年第一次來，任意進入沒人在的家，在畫室裡畫畫樂在其中。」

「內人也對我們婚禮的費用是向我以前戀人借的這件事，高興地笑著，說不能不誇獎我。現在的心情也一樣呀，可是……」

「可是，已經沒有時間拿錢了！明天早上出發。太太幫我養小狗就行了。」

狗狗在他膝上睡著。一摸牠的頭，牠微張開眼睛抬頭看他，嗚嗚叫著，像在說拜託讓我睡吧。長毛的柔軟觸感，讓他心中湧現喜愛幼小東西時的溫暖。小孩——雪子是為了讓他想起小孩而帶小狗來的嗎？

「總之，一起到舞廳可以嗎？或許會有一點錢。」

「我想見你太太，不過，我不想談錢的事。」

「可是，我這心情像在別人家廚房門口等待的乞食狗，好歹內人去了。」他站起從衣袖抓出一把紙屑，放在十姐妹的籠子上邊說：

「我想今年年底我家也買一個紙屑籠子。」

離開膝蓋的小狗搖搖晃晃，卻大大打個哈欠，就往他的下襬撲過來。

「這隻小狗真是傷腦筋呀，丟在家裡覺得可憐，又不能搭電車——你請我搭汽車吧！」

在汽車裡雪子把手套給狗狗咬，說：

「這樣我可以無牽掛地去向你和你太太告別，在當今社會，這樣的事，是很幸福的呀。」

「又來了，當今社會是什麼？」

「意思是，對活著不斷感到自卑的女人來說，我這樣不工作的女人，跟你在一起，對這事或許覺得悲傷，最後因此分手。」

「也就是說身為男人的我，沒什麼功用。」

「我不這麼想。跟你一起生活很快樂，可是那時候埋下的自卑感，纏著我一生，因此，我怨恨呀。每晚我把這隻小狗和母狆狗放到床上，我常想，自己也像狆一樣讓人養著。」

「狗狗要小便時，怎麼辦？」

「小狗要小便時，母狗會拉我的睡衣要我起來。」

「我從剛才就想問，你也跟小孩道別了嗎？」

「沒有！」

「跟妳先生坦白了嗎？」

「沒有，唯一的就這件事還沒有說。」

「我也是這件事還沒跟內人說。」

「鄉下長大的女孩個性強，那樣或許幸福呀。我們約定一下如何？不管你或我，任何一方跟自己的伴侶坦白而獲得原諒者，有收養狗狗的自由。」

「反過來，即使誰都不收養也不互相指責。」

「好是好，可是，要是小孩責怪我們呢？我責怪我自己呢？我自己找不到逃避的路子呀！」

幸好他們來到舞蹈場的入口。一打開玻璃門，爵士樂將他一口吞下。他只見到舞孃們強烈的、鮮豔的漩渦，感到狼狽，往舞廳的角落坐下。在舞孃華麗的衣裳中，馬上感到妻的突出，只有她一人穿著洗褪色了的銘仙綢跳舞。她的舞伴穿著紅色裙子的水手服，看來只有十五、六歲的舞孃。妻消瘦的肩、短髮及肩，往後梳的髮髻、使他忘記羞恥，靜靜的溫柔向心中湧過來。舞曲結束，舞孃與客人分別往大廳的兩側紅與黑分開，她一個人往黑的這邊來，看到他和雪子臉紅到脖子。

「哎呀，不要嚇我！——想起從前就想跳舞。今天的舞伴是那個孩子，故意緊緊握住我的手，問我姐姐幸福嗎？我感到悲觀。」

「我向雪子小姐討了小狗呀。」

他將藏在袖子裡的小狗露出頭來。

「啊，好可愛！」就抱起來，也不管別人看到與否就往臉頰廝磨，華爾滋舞曲開始了。妻突然高興似地對雪子說：

「太太，跳支舞吧！」

這時，他吃驚的是雪子的回答：

「我只是走著步伐，算是分別的象徵。下次再會時，彼此都是老太婆，跳舞或許像是做夢呢！」直爽地站起來身。妻比怯怯尋求舞伴的男士們稍慢，把小狗遞給他，就抱著雪子的肩膀說：

「我是女人呀！」

這節骨眼，沒接好的小狗小碎步跑進舞池的圈子裡。他蹲下來去追，被跳舞的腳擋住靠近不了。這時小狗在舞池正中央，後腳彎曲用力，尿尿了。附近的舞者大叫後退，男士們哄然大笑。他拍拍妻的肩膀。小狗往長椅子下躲進去。三、四十對舞者幾乎都停止，樂師們繼續彈奏樂器，卻踮起腳尖。以為妻趕過去追牠，卻突然用袖子蓋在尿上擦拭。笑聲嘎然停止。然而，圍成圓圈的舞孃們成了牡丹的花田。妻追到大廳裡邊的門。

服務生拿了熱水和抹布來，舞繼續跳著。他們三人逃出來。一搭上汽車，他與妻笑翻了。

「真的闖大禍了，牡丹，都是你，快道歉！」雪子將小狗的頭壓到妻髒了的衣袖。

「沒關係，那樣子更可愛呀。」妻將小狗抱過來。

「托妳之福，沒花一文錢就能全身而退啊，雖然說好之後會收取一些費用。」

途中讓雪子下車，妻毫不難為情抱緊小犬，讓牠舔自己的咽喉。

「狗都這樣了，要是小孩會有多可愛，我們為什麼過著害怕生那樣的孩子的日子呢？」

「對人與對狗，負擔的心情不一樣。」

「可是，像這樣抱著小狗想的卻是小孩。」

「雪子小姐或許是要讓我們想起小孩而送給我們的。」

「意思是要我們生小孩？」

「不是的——老實說我一直瞞著妳，雪子小姐生了我的孩子，送到鄉下，已經四歲了。」

「是真的？我馬上收養——老實說，我也有私生子呢。」

「什麼！」二人大聲笑。

「先收養那一個吧，別人的孩子，要是有什麼事心情比較輕鬆，因為狗狗比自己的小孩親近呢。」

「太過分了——所以，雪子小姐為這隻小犬取名少爺？」

「不是少爺，是黑牡丹的牡丹的波耶！」

被綁的丈夫

反正是丈夫被妻子綁著沒錯。

不過，這世上丈夫非讓妻子用細小繩子綁住手腳者，也不是沒有。例如：妻子生病，身體不能動，丈夫看護。出聲讓睡著的丈夫醒來，病人也累。再者，也有只設病人睡床鋪，不和丈夫的床鋪在一起的。妻子如何在半夜叫醒丈夫呢？用繩子綁住彼此的手腕，妻子拉繩子是最好的方法。

生病的妻子容易覺得寂寞。說什麼風吹葉落、作惡夢、老鼠作怪，反正都有藉口叫醒丈夫聊天。其實是她睡不著，旁邊丈夫卻睡得香甜，看不下去了。

「最近拉繩子，你也起不來，我想在繩子上綁銀鈴。」竟然想出這樣的遊戲。秋天夜半，久病的妻子鈴鈴喊醒丈夫的鈴聲，是多麼悲傷的音樂啊！

蘭子也用繩子綁住丈夫的腳，但是跟病中妻子鈴聲的悲傷音樂正相反，她覺得是舒爽的音樂。她是演藝的舞女。深秋時候，蘭子從後台上到舞台途中，化著妝的裸露皮膚就冷得起雞皮疙瘩，可是，跳著爵士舞，汗水馬上滲入白粉。看著身輕如精靈跳舞的腳，誰想像得到被一個丈夫綁住呢！其實，不是丈夫綁住她的腳，是她綁住丈夫的腳。

表演結束到後台沐浴是十點，十天裡只有四天能在熱水未涼之前回到公寓。六天的練習，有時到二點，有時到四點，也有到天亮的。在淺草公園附近，即使藝人多的公寓，一點之前大門就關了。

「從三樓房間的窗戶垂下繩子吧。」蘭子在後台不經意說出嘴。

「繩子呀，綁在他腳上。從下邊拉，也不會起來。」

「哎啊，那不是真正的繩子。」

（靠女人吃飯的男人被稱為繩子。）

「蘭子，說出可能釀禍的話了。危險呀！譬如，我拉繩子，對方睡眼朦朧，以為是蘭子就開了門！要是大意，說不定走到三樓的房間，還沒察覺到是別人的房間呢！快點試看看吧。」

在後台諷刺蘭子還好，然而，那繩子的祕密傳到不良少年的耳朵裡，少年們不知從哪裡搞到招待券，集中從二樓的座位像是叫賣東西似地呼喚蘭子的名字。他們想去拉蘭子的繩子。

「今晚啊，小鬼們或許會去拉繩子……」蘭子從後台打電話到公寓，丈夫用睏倦的聲音回答。

「是嘛，那是把繩子拉上來嗎？」

「不是，我有好的點子。」蘭子微笑。

「像流氓的小鬼們，呼叫舞台上的我，那是給我很大的宣傳。我想回個好禮。有什麼吃的東西，麵包也行呀。請綁在繩子上。反正可能是一天都沒吃飯的傢伙們，所以會很高興。他們會說蘭子有意思，我會有人氣呀！」

「哦。」帶著打哈欠的聲音，窮詩人的他，連買麵包的錢都沒有。環顧房間，只有人家給蘭子的花環。

喜歡花勝過麵包的習氣，不良少年們還沒有全消失嗎？

他們忍住惡作劇的偷笑，用力拉蘭子的繩子，意外的沒有反應，報紙包啪地掉下來。咦？抬頭看，三樓房間的玻璃窗緊閉著。打開報紙包，是花！蘭子的丈夫抽下花環的人造花。那些傢伙們一齊大喊出聲：

「好時髦的模仿。」

「手腕真漂亮，讓人另眼看待呢。」

「明天，把這些花往蘭子的舞台上扔怎麼樣？」

他們每人胸前插著一朵花，袖子裡藏著花鼓起，回去了。

「喂，這會不會是蘭子設計的煙火。」

「這麼說，她應該還在小屋。」

「是丈夫的心思吧。」

「她會更高興不是嗎？」

「那傢伙是詩人所以我這麼說。」

總之，第二天夜晚他們把那些花往蘭子的舞台上扔。

然而，蘭子既然是淺草的女藝人，也不一定因練習而晚歸。有時在後台，有時也會有到夜晚營業至三點的吉原黑輪店去，或者應客人邀請到公園通宵營業的燒烤店。不良少年們看在眼裡。他們拿了花之後，就來到蘭子丈夫這邊來了。

「好好修理蘭子吧！把她丈夫帶出來，上樓進房間，把蘭子的衣服、化妝道具等，用包袱巾包起來，綁上繩子，蘭子酒醉回來一拉繩子，包袱巾掉落腳下。意思是：老婆妳給我滾出去！這樣的手法！」

他們把這些步驟準備好的夜晚，等到蘭子被客人帶出去，其中一人跑去蘭子旁邊對她說：

「妳這樣偷情，不怕被老公趕出去嗎？」

「你多管閒事了，反正我已經把老公綁著呢！」

碎布

十三、四歲時候穿的和服襯衫，現在沒有要重新修改的意思。

前陣子收藏冬天衣物時，從舊衣櫥底找出的東西，領口太窄了不能穿了。美也子卻隨意當場將它拆解清洗了。

昨天還用熨斗燙，拿身子一量，還相當合身，只要袖子稍加修整，看來還能穿。袖寬不足約一寸。

袖子接了約三分之一。袖口拆開。

「啊！是用掩襟方式處理的。」美也子嘀咕著，想起穿這件襯衫時，恰好一家人搬到東京來的往事。

在袖口裡縫上約一分的貼邊布是關西作法，將雙方的毛邊對齊，貼邊布露在表面的是關東作法，這是很久之後母親告訴她的。關西作法較經濟，但是母親說美也子是要到別人家的年輕人。

那之後，美也子從母親生活的細節看到感覺是關西式的。像是老派女人身上還有著某種柔和、細膩的習性。

袖口裡的赤色，褪色得厲害，但卻是懷念的毛色。表面的毛紗是可愛的織紋。身體部分是帶紅色和黃色的格子，就法國絨而言是極為常見的圖樣，一過水毛都成塊了，不過，質地還結實。毛紗和法國絨，現在都很少見了，有種溫暖的感覺。所以，袖子還想使用原來的布。

袖口那裡無論裡面、外面都非接上不可，美也子心想要用法國絨來接，於是拿出存著碎布的箱子。那是男裝的箱子，貼著千代紙。女學生時期的美也子這麼做，感覺這是屬於自己的東西。從箱子裡掏出幾乎把膝蓋掩蓋了的碎布。洋服的碎布比和服的多，但仍沒找著可以接法國絨的碎布。

雖然沒找著，美也子卻不以為苦，也不急著找，只是擺出一幅深思的樣子，其實是悠閒坐著。

當然，一塊塊碎布都有著姑娘時期的回憶。那回憶並非每一個都清晰浮現，不過，總覺得是安詳的時刻。一塊塊碎布都活生生的，似乎鮮明映照著美也子。

美也子想起一個關西朋友，那個少女將從出生開始所有衣服的碎布像相簿一樣貼起來，依衣服做好的順序，一一寫上「某年某月」。美也子看到時感到既驚訝又羨慕。覺得那美麗少女，華麗而炫目。做這事的母親是和服愛好者，還蒐集古代碎布[20]。美也子回來談起時，母親也感到佩服，說對女孩子來說，比起照片這是更好的紀念，長大以後看多麼有趣呀！

「我完全沒想到，即使想到了也做不到呢！美也子的要是也留下來，多好！」

「美也子也這麼做吧！現在開始也行呀。還有以前留下來的。」

在旁邊聽到的父親唾棄似地說：

「無聊！那不是平民做的事！」母親一悸，看看父親，沒作聲。父親又說：

「那樣子，小孩會長大嗎？」

美也子不知道父親為什麼生氣？不過，現在有點明白了。不能沉溺於回憶！不能卡在過去，不可以想捕捉過去。更值得珍視的是，美也子的碎片未曾留下一絲陰影。雖然平凡，卻都是清澄的幸福回憶。那個朋友的美麗碎片，或許留下孩子或母親的污辱與不幸的印記。那是重視哀傷不是嗎？

20 譯註：一般指明治以前，即一八六七年以前的碎布。

「喂！喂！」母親站著瞧著。美也子有點臉紅了。

「那件襯衫要重新縫過？了不起！啊，是袖子，大概有吧！去拿我的古葛籠來。」

美也子抱過來，咚地放在母親膝蓋前，母親取下葛籠的蓋子，像數鈔票一樣飛快地翻著折疊整齊的碎布。

「這個，袖口。這個，裡面。抽出小菊圖樣的毛紗和赤色木棉。美也子看呆了，笑出來了。」

「有什麼奇怪的嗎？」

「嗯，沒事。看媽媽找東西，那葛籠裡好像什麼東西都有。」

「這是經驗的累積哪！」

母親看女兒比對碎片一陣子之後，若無其事地說。

「美也子現在還給田山先生寫信嗎？」

「有呀，差不多一個月寫一次。」回答大概減少三分之一。

「很長了呀。」

「有四年了吧！」

美也子感到不安，想問母親什麼事，低下頭。

「從美也子穿不下那件襯衫開始，戰爭就一直持續著！」

「是呀。」

「美也子在戰爭中長成了姑娘哪。」

「可是還是膽子小。」

「有許多我們年輕時候想都不敢想的事。」母親丟下這句話走出房間。

美也子心想：在戰爭中長大成人，的確是這樣子，心弦不由得繃緊。抬頭看天空，想著成年女子熾熱的命運。

美也子手上還拿著針。在舊碎布上感受到新鮮的愛情。碎布，像是在戰爭歲月的衣櫥底，一直等待著美也子，有種不可思議的感覺。

美也子正要縫接一邊的袖子時，阿姨來了。跟她一起來的男性，鞋子聲音大，美也子來不及站起，母親就已經到了玄關。

母親接待客人經過美也子的房間旁邊時，沒有出聲，美也子覺得奇怪，不久房間的拉門被拉開一些些，母親自言自語似地說：

「是島村的阿姨。茶啊，我來送，妳先準備好！」母親不安似地回到客廳。

大概是談婚事吧！美也子也不安了。美也子準備好茶，若無其事走出玄關。軍官的長靴脫在那裡，帽子放在式台[21]。美也子手伸出去，卻突然猶豫了；輕輕拿起掛在上面。回到房間拿針，手腕僵硬有點顫抖。

「美也子，來跟阿姨打招呼！」母親在走廊叫喊。

阿姨介紹大澤中尉給美也子，瞄一瞄美也子，自言自語：

「美也子小姐，不好意思，大澤先生要回去，美也子送他到車站吧！」強勢地吩咐。

「是！」

美也子驚訝之際站起來，但又跪下來。母親以眼神示意，先到走廊。

「田山先生的事我也說了，美也子，不要失禮，去送他們。」母親嘟囔著。美也子霎時眼睛裡熱熱的。

大澤中尉出了門走了七、八步，站住說：

「送到到這裡就行了，請留步。」

「不，我送到那裡。」美也子第一次看大澤的臉。中尉像是思考什麼似地簡潔地說：

「是嘛，那就麻煩妳了。」

21 譯註：日式房間門口鋪的地板。

他邊走邊說：他這次趁公差之便回到內地來停留約二星期，還要回到戰地去。島村阿姨說，要結婚的話，就趁這時。

「這樣子硬拉妳出來，妳沒想到吧！真是很抱歉，請原諒！常聽阿姨說妳是非常好的人。的確是這樣。」

美也子什麼也說不出來，類似清爽的悲哀，也含著開朗的安詳，田山的影子浮現。中尉在剪票口前行了一個強有力的軍禮說：

「謝謝妳送我。」

「請多多保重。」美也子說。

啊，他看著我，美也子突然像似被吸過去，怎麼辦才好？眼淚快掉出來。那是跟田山同樣的眼睛，要離去的男人都有同樣的眼睛嗎？

美也子跟田山沒有任何約定，而那眼睛活在美也子心中，四年來逐漸成長，現在已經把心佔滿了。因此，美也子想從心中抹去中尉的眼睛，可是，卻也祈求不要忘記。

胡頹子小偷

風沙沙地
吹著秋天

讀小學的女孩邊唱著歌，走山路回家。

漆樹的葉子已經變紅葉。微舊的小料理屋二樓，彷彿不識秋風似地大大敞開。從路上看得到靜靜賭博的泥水工人的肩膀。

郵差蹲在走廊邊，大拇指把破的塑膠足袋往裡邊塞進去。他等著收了小包裹的女人再次出來。

「啊，是和服吧？」

「是呀。」

「該是送夾衣來的時候了。」

「討厭哪，一副人家身上大小事都知道的臉……」

女人換上剛剛從油紙包拿出來的新夾衣，坐在走廊把膝蓋的皺紋拉直。

「寄給妳的信，還有妳寄出的信，我都看了！」

「你以為信那樣的東西，會寫真實的話嗎？跟你的工作不符合呀。」女人說。

「因為我不像妳把謊言當買賣。」

「今天，有寄給我的信嗎？」女人說。

「沒有。」

「也沒有沒貼郵票的信？」女人問。

「沒有！」

「不要一副奇怪的臉，我已經借給你不少了。你要是當了部長，可以制定只有情書不用貼郵票的規定；可是現在不行呀，寫一些陳腔濫調的詞。自己的信，自己當郵差送。你這是要繳罰金的，我想跟你要郵票錢呢，我沒零用錢！」

「太大聲了。」

「那你拿出來呀。」女人說。

「真沒辦法。」他從口袋裡掏出一枚銀幣丟到走廊，然後把小皮包繩子的倒扣邊拉緊，邊站起來。

泥水工的一件襯衫從二樓掉下來。那是心不甘情不願創造人類的造物主，邊打瞌睡邊製造的眼睛和尖尖的鼻子。

「錢掉下來了，阿姐，那五十錢借我吧。」

「你說什麼？討糖吃的傢伙。」

女人很快撿起銀幣藏到和服腰帶裡。

小孩推著獨輪鐵圈繞圈子跑，發出秋天的聲音。

燒炭的女孩揹著炭袋從山上下來。她像去討伐鬼島回來的桃太郎扛著大大的胡頹子樹枝。看來像長著綠葉的珊瑚樹，結了許多碩大的紅色果實。

她帶著炭和胡頹子到村裡醫生那裡道謝。

「只帶木炭這樣好嗎？」她走出燒炭小屋時，對病床上的父親說。

「妳就說除了木炭，我們什麼也沒有。」

「如果是爸爸燒的炭那沒問題，我來燒的就不好意思，能夠等到爸爸起床燒炭嗎？」

「那就去那邊的山裡買柿子帶過去。」

「那就這樣吧。」

女孩還沒偷摘柿子之前，來到有稻田的地方。田埂裡胡頹子鮮豔的赤色，把她心中要偷盜的憂鬱從眼中吹走了。

她手放到樹枝上，光用力拉折不斷，於是用雙手吊著似地拉。沒料到大樹枝從樹幹斷裂，她一屁股著地。

女孩笑嘻嘻地把胡頹子一口接一口放進嘴巴，往村子下來。舌頭覺得澀澀的。小學的女孩子回來了。

「給我！」

「給我！」

女孩笑嘻嘻地把像珊瑚的樹枝默默遞過去。五、六個小孩各自摘取紅色的胡頹子果實串。

女孩進入村子。小料理屋的走廊有個女人。

「哇！好漂亮。那是胡頹子吧！妳要到哪裡呢？」

「到醫生那裡。」

「前陣子用山轎子接醫生的就是妳？——比超鮮糖果還漂亮。給我一顆。」

女孩把胡頽子的樹枝遞過來。樹枝一擱在女人的膝上小孩就把手鬆開了。

「給我這麼多啊？」

「沒關係！」

「連樹枝一起？」

「是的。」

女孩被女人那身嶄新的絲綢夾衣嚇到了，臉紅紅地急忙離開了。

女人看到胡頽子樹枝寬有自己膝蓋二倍半異常驚訝。摘一顆胡頽子放進嘴裡。那種酸酸的冰冷感，讓她突然想起故鄉。送來夾衣的母親現在已不在故鄉了。

小孩推著獨輪鐵圈繞圈子跑，發出秋天的聲音。

女人從珊瑚樹後邊的袋子拿出銀幣用紙包起來，靜靜地坐著等候燒炭女孩的回程。

小學的女孩子唱著歌走山路回家。

風沙沙地

吹著秋天

國家圖書館出版品預行編目資料

川端康成掌中小說集 2/ 川端康成著 .
-- 初版 . -- 臺北市 : 聯合文學 , 2022.09
264 面 ; 13.5×19.5 公分 . -- （聯合譯叢 ; 94）

ISBN 978-986-323-485-2 (平裝)

861.57　　111014218

聯合譯叢 094

川端康成 掌中小說集 2

作　　者／川端康成
譯　　者／林水福
發 行 人／張寶琴

總 編 輯／周昭翡
主　　編／蕭仁豪
編　　輯／林劭璜
封面設計／許晉維
資深美編／戴榮芝
業務部總經理／李文吉
發行助理／林昇儒
財 務 部／趙玉瑩　韋秀英
人事行政組／李懷瑩
版權管理／蕭仁豪

法律顧問／理律法律事務所
陳長文律師、蔣大中律師

出 版 者／聯合文學出版社股份有限公司
地　　址／(110)臺北市基隆路一段 178 號 10 樓
電　　話／(02)27666759 轉 5107
傳　　真／(02)27567914
郵撥帳號／ 17623526 聯合文學出版社股份有限公司
登 記 證／行政院新聞局局版臺業字第 6109 號
網　　址／http://unitas.udngroup.com.tw
E-mail:unitas@udngroup.com.tw

印 刷 廠／約書亞創藝有限公司
總 經 銷／聯合發行股份有限公司
地　　址／(231)新北市新店區寶橋路235巷6弄6號2樓
電　　話／(02)29178022

出版日期／ 2022 年 09 月　初版
定　　價／ 390 元

ISBN 978-986-323-485-2（平裝）